副刊文丛

主编 李辉 王刘纯

副刊面面观

李辉 编

中原出版传媒集团
大地传媒
大象出版社
·郑州·

图书在版编目(CIP)数据

副刊面面观/李辉编.— 郑州：大象出版社，2017.1
(副刊文丛/李辉，王刘纯主编)
ISBN 978-7-5347-9093-5

Ⅰ.①副… Ⅱ.①李… Ⅲ.①散文集—中国—当代 Ⅳ.①I267

中国版本图书馆CIP数据核字(2016)第314608号

副刊面面观

李　辉　编

出 版 人	王刘纯
项目统筹	李光洁　成　艳
责任编辑	李　爽
责任校对	毛　路
书籍设计	段　旭

出版发行	大象出版社（郑州市开元路16号　邮政编码450044）
	发行科　0371-63863551　总编室　0371-65597936
网　　址	www.daxiang.cn
印　　刷	北京汇林印务有限公司
经　　销	各地新华书店经销
开　　本	787mm×1092mm　1/32
印　　张	9.375
版　　次	2017年1月第1版　2017年1月第1次印刷
定　　价	36.00元

若发现印、装质量问题，影响阅读，请与承印厂联系调换。
印厂地址　北京市大兴区黄村镇南六环磁各庄立交桥南200米(中轴路东侧)
邮政编码　102600　　　　电话　010-61264834

"副刊文丛"总序

李 辉

设想编一套"副刊文丛"的念头由来已久。

中文报纸副刊历史可谓悠久,迄今已有百年行程。副刊为中文报纸的一大特色。自近代中国报纸诞生之后,几乎所有报纸都有不同类型、不同风格的副刊。在出版业尚不发达之际,精彩纷呈的副刊版面,几乎成为作者与读者之间最为便利的交流平台。百年间,副刊上发表过多少重要作品,培养过多少作家,若要认真统计,颇为不易。

"五四新文学"兴起,报纸副刊一时间成为重要作家与重要作品率先亮相的舞台,从鲁迅的小说《阿Q正传》、郭沫若的诗歌《女神》,到巴金的小说《家》等均是在北京、上海的报纸副刊上发表,从而产生广泛影响的。随着各类出版社雨后春笋般出现,杂志、书籍与报纸副刊渐次形成三足鼎立的局面,但是,不同区域或大小城市,都有不同类型的报纸副刊,因而形成不同层面的读者群,在与读者建立直接和广泛的联系方面,多年来报纸副刊一直占据优势。近些年,随着电视、网络等新兴媒体的崛起,报纸副刊的优势以及影响力开始减弱,长期以来副刊作为阵地培养作家的方式,也随之隐退,风光不再。

尽管如此,就报纸而言,副刊依旧具有稳定性,所刊文章更注重深度而非时效性。在电台、电视、网络、微信等新闻爆炸性滚动播出的当下,报纸的所谓新闻效应早已滞后，无法与昔日同日而语。在我看来，唯有副刊之类的版面，侧重于独家深度文章，侧重于作者不同角度的发现，才能与其他媒体相抗衡。或者说，只有副刊版面发表的不太注重新闻时效的文章，才足以让读者静下心，选择合适时间品茗细读，与之达到心领神会的交融。这或许才是一份报纸在新闻之外能够带给读者的最佳阅读体验。

1982年自复旦大学毕业，我进入报社，先是编辑《北京晚报》副刊《五色土》，后是编辑《人民日报》副刊《大地》，长达三十四年的光阴，几乎都是在编辑副刊。除了编辑副刊，我还在《中国青年报》《新民晚报》《南方周末》等的副刊上，开设了多年个人专栏。副刊与我，可谓不离不弃。编辑副刊三十余年，有幸与不少前辈文人交往，而他们中间的不少人，都曾编辑过副刊，如夏衍、沈从文、萧乾、刘北汜、吴祖光、郁风、柯灵、黄裳、袁鹰、姜德明等。在不同时期的这些前辈编辑那里，我感受着百年之间中国报纸副刊的斑斓景象与编辑情怀。

行将退休，编辑一套"副刊文丛"的想法愈加强烈。尽管面临互联网等新媒体方式的挑战，不少报纸副刊如今仍以其稳定性、原创性、丰富性等特点，坚守着文化品位和文化传承。一大批副刊编辑，不急不躁，沉着坚韧，以各自的才华和眼光，既编辑好不同精品专栏，又笔耕不辍，佳作迭出。鉴于此，我觉得有必要将中国各地报纸副刊的作品，以不同编辑方式予以整合，集中呈现，使纸媒副刊作品，在与新媒体的博弈中，以出版物的形式，留存历史，留存文化。这样，便于日后人们可以借这套丛书，领略中文报纸副刊（包括海外）曾经拥有过的丰富景象。

"副刊文丛"设想以两种类型出版，每年大约出版二十种。

第一类：精品栏目荟萃。约请各地中文报纸副刊，挑选精品专栏若干编选，涵盖文化、人物、历史、美术、收藏等领域。

第二类：个人作品精选。副刊编辑、在副刊开设个人专栏的作者，人才济济，各有专长，可从中挑选若干，编辑个人作品集。

初步计划先从20世纪80年代开始编选，然后，再往前延伸，直到"五四新文学"时期。如能坚持多年，相信能大致呈现中国报纸副刊的重要成果。

将这一想法与大象出版社社长王刘纯兄沟通，得到王兄的大力支持。如此大规模的一套"副刊文丛"，只有得到大象出版社各位同人的鼎力相助，构想才有一个落地的坚实平台。与大象出版社合作二十年，友情笃深，感谢历届社长和编辑们对我的支持，一直感觉自己仿佛早已是他们中间的一员。

在开始编选"副刊文丛"过程中，得到不少前辈与友人的支持。感谢王刘纯兄应允与我一起担任丛书主编，感谢袁鹰、姜德明两位副刊前辈同意出任"副刊文丛"的顾问，感谢姜德明先生为我编选的《副刊面面观》一书写序……

特别感谢所有来自海内外参与这套丛书的作者与朋友，没有你们的大力支持，构想不可能落地。

期待"副刊文丛"能够得到副刊编辑和读者的认可。期待更多朋友参与其中。期待"副刊文丛"能够坚持下去，真正成为一套文化积累的丛书，延续中文报纸副刊的历史脉络。

我们一起共同努力吧！

2016年7月10日，写于北京酷热中

目 录

《副刊面面观》小序　　　　　　　姜德明　1

我们需要怎样的副刊　　　　　　　陈纪滢　1
《京报副刊》影印本序　　　　　　陈子善　7
副刊·"姚式编排"·等等　　　　　冯亦代　34
谈谈"报屁股"　　　　　　　　　胡愈之　46
忆梅畹华
　　——梅兰芳与《文汇报》　　　黄　裳　52
"八版"顾问
　　——为萧乾文学生涯六十年作　姜德明　58
《浅草》献词　　　　　　　　　　柯　灵　66

《世纪风》复刊词	柯　灵	68
《浮世绘》发刊词	柯　灵	70
人寿与刊龄	柯　灵	72
现代文人与副刊	李　辉	76
比主编还牛的副刊编辑们	绿　茶	96
我和《立报》的《小茶馆》	萨空了	103
北京之文艺刊物及作者	沈从文	111
谈谈日报"附张"	孙伏园	130
对超构先生的哀思	吴祖光	138
做厨子不易	夏　衍	143
谈小品文	夏　衍	145
一个副刊编者的自白		
——谨向本刊作者读者辞行	萧　乾	152
副刊的"四个要点"	严独鹤	166
冰心老人与《人民日报》	袁　鹰	171

胡乔木和《人民日报》副刊　　　袁　鹰　181

说长道短是舆论的天职

　　——《长短录》纪事　　　袁　鹰　209

一个理想的实验

　　——四个半月副刊编辑的回味

　　　　　　　　　　　　　　臧克家　234

我和长篇连载　　　　　　　　张恨水　238

春秋忆旧录　　　　　　　　　周瘦鹃　242

专辑：我与《人民日报》副刊《大地》的情谊

我感谢

　　——《人民日报》创刊40周年感言

　　　　　　　　　　　　　　冰　心　251

编辑的良知　　　　　　　　　乐秀良　255

带来好运	乔　迈	258
文友之间	孙　犁	263
秧苗记得大地	未　央	266
祝愿	夏　衍	270
"双百"方针的鲜明旗帜	萧　乾	275
难忘四十年的交往	徐　迟	278

《副刊面面观》小序

姜德明

我一生从事新闻工作四十年。1950 年,我考进北京新闻学校,1951 年毕业,分配到《人民日报》读者来信部工作。1956 年报纸改版,7 月 1 日起增出 8 版,恢复文艺副刊,调我到文艺部。此举正合我意,事先我却一无所知,事后知道并非文艺部开列的名单。那时的风气不兴"走后门",一切服从组织上的安排。

我在副刊组分管散文和专栏,从头学画版样,跑排字房，每天看读者来稿，直到1985年正式组建人民日报出版社，我才离开了编副刊的岗位。回想起来，最难忘记的还是编副刊那三十年的日日夜夜。

翻开我国近代新闻史可知，文艺副刊是报纸不可或缺的一大特色。1949年进城后，《人民日报》原有两个文艺副刊专栏，一是每周出版的《人民文艺》；一是每天见报的综合性的《人民园地》。后因学习苏联的《真理报》，他们没有副刊，我们也停办了。1956年的报纸改版，当然不仅是恢复文艺副刊，结合当时国内外的形势，在思想理论战线上更有重大的变革。当时胡乔木同志还对文艺部提出要承担复兴散文的任务。事实上在取消副刊的岁月里，报纸上早已不见散文创作的踪影。为此，他还为副刊请来了党外作家萧乾先生坐班当顾问，在党报历史上写下了破例的一页。时任文艺部主任的林淡秋同志命我追随萧乾先生访问了不少搁笔已久的老作家。1956年，我出差到武汉，专门拜访了袁昌英、刘永济先生，名单就是胡乔木同志开列的。

为了普及散文，引起人们对散文的重视，我们又开设了《笔谈散文》的专栏,发表了不少作家和群众来稿,引起了天津百花文艺出版社的注意,由他们编成了《笔谈散文》的专集出版。

文艺部每天收到的群众来稿足有一麻袋之多,其中以诗歌为最。为了反映火热的现实生活,同志们都不辞辛苦地认真处理来稿。编发的稿件名家之作占三分之一,无名作者的来稿却占三分之二,这就保证了副刊不会脱离现实生活和现代人的喜怒哀乐。

到了20世纪80年代,文艺部又创办了文艺增刊《大地》,发表了若干篇作家编《文艺副刊》的回忆录,以备日后编成一本专集。当时我还曾请前辈茅盾先生执笔,他回信说明情况未能成篇,最后,我还是征得他的同意把原信发表了。以后,随着刊物的停办,出版专集的意愿半途而废了。值得庆幸的是,现在李辉所编《副刊面面观》早已超过了我们的预想,做了功德无量的好事,实现了几代人美好的愿望,这是值得人们深致谢意的。

2016年5月　北京

我们需要怎样的副刊

陈纪滢

我于1930年就与报纸副刊发生了职务上的关系，到现在我不但仍然与副刊有职务上的关系，而且始终是一个副刊的读者。其实我还非常注意新闻，每天的报纸，我很少不是从第一条读到最后的，夸张一点说，我总算喜欢读报或者关心报纸的一个人。我第一次编副刊是在1930年，编哈尔滨的《国际协报》的《国际公园》，现在的好多名作家都在那上边投过稿，以后是1933年在天津，编《大公报》的《小公园》。1935年在汉口，我又编《大光报》的《大光别墅》，自1937年起一直到现在，我在编《大公报》的《战线》。

我毫不客气地说：我编过的刊物，实在编得不算怎么好，或者简直无甚可取。但其中也有不少在当时轰动一时的。但是无论如何，我编过的副刊，并没有一个合乎我自己的理想的。其中原因自然很多，大体说来，受出版限制的原因不小。要问：什么是你理想中的副刊呢？那么，至少一个副刊需要包括以下几类内容才近乎我理想中的副刊。第一，在篇幅上，它必须有六栏至九栏的地位，而且是日刊；第二，在内容上，必须具有时代意义，有启示性，有文学风格；第三，在文字上，它必须是深入浅出，引人入胜的。

我认为新闻版是读者关心的所在，副刊则是读者灵魂寄托的所在。本此定义，我以为一篇好的文艺作品它本身虽不是新闻，实具有新闻性，同时因为它是文学作品，而且具有永久性。所以当我们读了一篇好的小说，可以让我们眉飞色舞，拍案叫绝，同时又给我们永留深刻的印象，一生不忘。因此一个好的副刊的读者常常会比新闻版的读者多，而且常常是固定的读者，其中最大的原因，当系文艺作品常与读者心灵深处结合，有耐人寻味的地方。

为什么说内容要有时代意义呢？所谓时代意义，并非如抗战时期，张口大炮，闭口机关枪，而成为抗战八股。时代意义是写实，是反对开倒车和做出世的想象。所以我常想，假使情形许可，一定可以把随时随地发生的事情从集体寻找资料、集中资料到分配资料，然后再拿笔写。这与写新闻的过程虽多少相仿，但消化过程是不同的。它是通过作者的理解、主观强调和文艺的笔锋而成的，所以它成功之后是一篇有生命力、结构完整的东西。

假如说文艺必须要配合政治的话，那么，写实主义是可以影响政治的。一篇有内容的描写建设的文艺作品，也许比一篇枯燥无味的新闻记事容易引人去读，近代多少文艺著作，不是一个时代一个社会的缩影？但一篇论文，则只能够尽了它一时的功用，甚少永垂不朽。自然，我们不能轻视新闻论文记事的时间性和它的影响力。

新闻论文常是说理的、直接教育人的，因此，它的优点在于长枪直入、一针见血，即不痛快淋漓，必须要慢条斯理。文艺作品则不然，它的优点在于含蓄、在于暗示、在于启迪。写法也不同，论文越直截了当越好，文艺作品则越曲折越好。

可是，文艺作品特别需要深入浅出。我们过去的洋化文艺作品已经过时了，新文言体的小说也不时兴了。今后必须要趋向口语化，写大众喜闻乐见而且容易懂得的文字，才能适应和领导新的文化运动（与适合一般人所称的通俗还不尽同），尤其报纸副刊上的文字，必须这样才能吸引非文艺爱好者的读者。可是副刊种类（单指文艺性副刊）内容既如此，也就不能不依其性质至少划分为两种，一种可以说是专为嗜好文艺写作及作家们预备的，这一种副刊是学院派的，无妨深刻、专造化；另一种是给一般读者预备的，它是大多数读者兴趣（非低级的）的所在，谁都可以看得懂，并且人人需要它。

过去的副刊，《大公报》的《小公园》，介乎上边所说两种之间。《上海立报》的《言林》是属于后边所举的性质，但它还有一个特长：短小精悍。《申报》的《自由谈》所刊第一种内容多，后一种少。这几个副刊，在战前都曾拥有大量读者。

一个刊物应有特性。不错，因为没有特性，也就没有自己。但是特性的所在，决不在于迎合读者的趣味，而在于引导读者的趣味。一个刊物的特性，尤其是一个报纸副刊的特性，绝对不是自己露锋芒和标新立异的工作，它一定是配合报纸本身的一种文字辅佐物。我常看见同在一张报上，言论互相矛盾，甚至公开互相诋毁的现象，这实在不应该！因为这样，让留心的读者，一定看出你本家的言论就不统一，怎能取得别人的信任？所以我从来都主张副刊与报纸新闻言论一元化。

至于一般人认为副刊不过是一个"报屁股"，随随便便的一种东西而已。关什么紧要？并不是我们编副刊的一定非把副刊的身价抬高不可，但我充分相信，假设编得好，它也有无上的权威和广大的读者群。在若干年以后，也许深留在一般人脑海的是副刊。二十年前的《民国日报》，现在遗留在一般人脑海的，恐怕是邵力子先生编的《觉悟》。《晨报》时代的《晨报副镌》也是令人难忘的。《时事新报》的《学灯》，甚至《益世报》的《益智》都在人们的记忆之中。

因此，我感觉无论一般人怎样轻视副刊，但是副刊在读者的心灵深处有印象，就是在轻视它的人心中也不能无印象。它被人需要，则是极明显的。

在过去，副刊已在读者群里产生了很大的影响，二十年来，新文艺更在读者心中扎下了根，所以今后副刊的地位更重要了，它不但不是"屁股"，恐怕在战后，报纸一到，先抢着看的是副刊。而将来报纸也必须继续这个作风，把较多的篇幅给予副刊，好让它给新中国注射多量的新的血液。

（原载《中外春秋》第一卷，1943年8月30日重庆出版）

《京报副刊》影印本序

陈子善

一

《京报副刊》是五四时期四大文学副刊之一,另外三家副刊是《晨报副刊》《时事新报·学灯》和《民国日报·觉悟》,正好北京、上海各占一半。[1]但是,这个"四大副刊"的说法起于何时,却一直未有定论。

新文学界最初提到五四时期有影响力的文学副刊,

其实只有三家,《京报副刊》并不包括在内。朱自清在1929年写的清华大学国文系讲义《中国新文学研究纲要》中,介绍五四运动时期的文学副刊时,就是这样表述的:"日报的附张——北京《晨报副刊》,上海《民国日报·觉悟》,《时事新报·学灯》。"(2)

迄今所见到的最早把《京报副刊》归入"四大副刊"的提法源自沈从文。1946年10月17日,沈从文在北京写下了他接编天津《益世报·文学周刊》的《编者言》,文中有如下一段话:

  在中国报业史上,副刊原有它的光荣时代,即从五四到北伐。北京的《晨副》和《京副》,上海的《觉悟》和《学灯》,当时用一个综合性方式和读者见面,实支配了全国知识分子兴味和信仰。(3)

这是首次把《京报副刊》和《晨报副刊》《时事新报·学灯》《民国日报·觉悟》相提并论,并且对它们的历史作用做了很高的评价,虽然并未直接提出"四大副刊"这个说法。

九年之后,曹聚仁在香港写他"一个人的文学史"——《文坛五十年》。书中专设两章,即第二十五章《觉悟与学灯》和第二十六章《北晨与京报》,讨论五四运动以后有代表性的副刊。曹聚仁认为孙伏园主编的"北京《晨报副刊》,那是新文学运动在北方的堡垒","到了一九二五年十月间,由徐志摩主编,也还是继承着文学革命的任务。孙伏园走出了《晨副》,接编北京《京报副刊》,也就是《晨报》那一副精神"[4]。可见曹聚仁实际上也认同"四大副刊"的说法。

到了1979年,北京生活·读书·新知三联书店出版《五四时期期刊介绍》。该书介绍《晨报副刊》时,如下一段话值得特别注意:

> 自《晨报》(一九二一年十月十二日)改革第七版之后,不少报纸也随之改进了副刊。上海的《民国日报》从一九一九年六月取消了常刊载黄色材料的《国民闲话》和《民国小说》两副刊,改出《觉悟》,开始宣传新文化和介绍有关社会主义思想的材料,

在一九二五年以前，长期起过进步作用。上海《时事新报》（也是研究系的报纸），自一九一八年三月便创办《学灯》副刊，《晨报》副刊改革后，也实行革新，传播科学知识和资产阶级哲学文艺思想。这些副刊和一九二四年十二月出版的《京报副刊》一起，被称为五四时期中的"四大副刊"。[5]

这是目前所看到的首次明确把《京报副刊》与《民国日报·觉悟》《时事新报·学灯》《晨报副刊》归并在一起，正式提出了"四大副刊"之说。因此，在新的史料尚未出现之前，五四时期"四大副刊"的提法只能定为起始于1970年代末。当然，《京报副刊》列为"四大副刊"之一，无论就其当时的成就和后来的文学史地位，都是当之无愧的。

二

《京报副刊》作为邵飘萍主办的《京报》的副刊，

1924年12月5日创刊于北京，由孙伏园主编。孙伏园原为《晨报副刊》编辑，如果他不离开《晨报副刊》，《京报副刊》就不会诞生。因此，要厘清《京报副刊》的创刊过程，就必须追溯孙伏园何以离开《晨报副刊》，对此，已有不少研究者做过颇有价值的梳理。(6)不过，仍可以再做进一步查考，尽可能发掘尚未被研究者注意而几近湮没的历史细节。

1921年10月21日，北京《晨报》第七版"文艺栏"改版为单张四版的《晨报副刊》，由原协助李大钊编辑"文艺栏"的孙伏园担任编辑。在孙伏园的精心主持以及周氏兄弟等的倾力支持下，《晨报副刊》办得风生水起，成为中国现代知识分子传播新思想、新知识、新文艺的重要的公共空间。谁知到了1924年10月，因鲁迅打油诗《我的失恋》无法在《晨报副刊》刊出，和已经陆续刊登的周作人等人的《徐文长的故事》也被晨报社方叫停，孙伏园愤而辞职了。关于此事的来龙去脉，被广泛引用的是孙伏园1950年代的回忆：

一九二四年十月，鲁迅先生写了一首诗《我的失恋》，寄给了《晨报副刊》。稿已经发排，在见报的头天晚上，我到报馆看大样时，鲁迅先生的诗被代理总编辑刘勉己抽掉了，抽去这稿，我已经按捺不住火气，再加上刘勉己又跑来说那首诗实在要不得，但吞吞吐吐地又说不出何以"要不得"的理由来，于是我气极了，就顺手打了他一个嘴巴，还追着大骂他一顿。第二天我气忿忿地跑到鲁迅先生的寓所，告诉他"我辞职了"。鲁迅先生认为这事和他有关，心里有些不安，给了我很大的安慰。事情虽是从鲁迅先生的文章开始，但实际上却是民主思想和封建思想的斗争。（7）

但是，孙伏园在事发仅一年之后所作《京副一周年》中的回忆却是这样的：

> 鲁迅先生做好这诗以后，就寄给我以备登入《晨报副刊》。那时我的编辑时间也与现在一样，

自上午九点至下午两点。两点以后，我发完稿便走了，直到晚上八点才回馆看大样。去年十月的某天，就是发出鲁迅先生《我的失恋》一诗的那天，我照例于八点到馆看大样去了。大样上没有别的特别处理，只少了一篇鲁迅先生的诗，和多了一篇什么人的评论。少登一篇稿子是常事，本已给校对者以范围内的自由，遇稿多时，有几篇本来不妨不登的。但去年十月某日的事，却不能与平日相提并论，不是因为稿多而被校对抽去的，因为校对报告我：这篇诗稿是被代理总编辑刘勉己先生抽去了。"抽去！"这是何等重大的事！但我究竟已经不是青年了，听完话只是按捺着气，依然伏在案头上看大样。我正想看他补进的是一篇什么东西，这时候刘勉己先生来了，慌慌忙忙的，连说鲁迅的那首诗实在要不得，所以由他代为抽去了。但他只是吞吞吐吐的，也说不出何以"要不得"的缘故来。这时我的少年火气，实在有些按捺不住了，一举手就要打他的嘴巴。（这是我生平未有的耻辱。如果还有一点人气，对于这种耻辱当然非昭雪不可的）但是那时他不知怎样一躲闪，便抽身走了。我在后面紧追着，一直追到编辑部。别的同事硬把我拦住，使我不得动手，我遂只得大骂他一顿。同事把我拉出编辑部，劝进我的住室，第二天我便辞去《晨报副刊》的编辑了。……我今天提到这件事，并不因为这也是我的生活史上重要的一页，而是因为有了这件事才有今日的《京报副刊》周年纪念日。《京报》自然在无论什么时候都可以出它的副刊，但倘没有这件事，《京副》与"伏园"或者不发生什么关系，"十二月五日"与"《京报副刊》周年纪念"或者也不发生什么关系。不但此也，因为我的"晨副事件"而人人（姑且学说大话）感到自由发表文字的机关之不可少，于是第一个就是《语丝》周刊出版。《语丝》第五十四期里，周岂明先生已经提起这件旧事。所谓"这件旧事"者，关于上面所讲鲁迅先生《我的失恋》一诗还只能算作大半件，那小半件是关于岂明先生的《徐文长的故事》，岂明先生所说一点

儿也不错的。不过讨厌《我的失恋》的是刘勉己先生,讨厌《徐文长的故事》的是刘崧先生罢了。⁽⁸⁾

两相对照,可以清楚地看到孙伏园与《晨报副刊》代总编辑刘勉己发生冲突并且决裂的原因,他最初提供的也是最可信的说法有两个,主要原因也即导火线是鲁迅《我的失恋》被"抽去"不能发表,次要原因是周作人等人的《徐文长的故事》被叫停。⁽⁹⁾有必要补充的是这个次要原因披露时间还早于主要原因,周作人《答伏园论"语丝的文体"》中已经说得很清楚:"当初你在编辑《晨报副刊》,登载我的《徐文长的故事》,不知怎地触犯了《晨报》主人的忌讳,命令禁止续载,其后不久你的瓷饭碗也敲破了事。"⁽¹⁰⁾此文比孙伏园《京副一周年》早发表14天,正可互相印证。但是,到了1950年代以后,次要原因却消失得无影无踪,鲁迅《我的失恋》不能发表成了孙伏园离开《晨报副刊》唯一的原因。这是不符合史实的,应该澄清。

按照孙伏园在《京副一周年》中所说,与刘勉己冲突的第二天，他就辞去了《晨报副刊》编辑职务。周作人日记1924年10月24日记云："伏园来，云已出晨报社，在川岛处住一宿。"鲁迅日记1924年10月25日也记云："午后伏园来。"这两条日记提供了重要的时间节点，由此应可推测，在辞去《晨报副刊》编辑后，孙伏园立即先后走访周作人和鲁迅报告此事。那么，孙伏园为鲁迅《我的失恋》与刘勉已当面冲突的日期往前推算，就当为1924年10月23日，也即10月23日晚，孙、刘发生冲突，24日孙向刘提出辞呈后离开晨报社，即赴周作人寓通报，25日又赴鲁迅寓通报。至于此事向文坛公开，则要等到一周以后了，《晨报副刊》1924年10月31日第四版刊出了《孙伏园启事》："我已辞去《晨报》编辑职务，此后本刊稿件请直寄《晨报》编辑部。"

孙伏园离开《晨报副刊》之后，频繁拜访周氏兄弟等，酝酿创办新的能够"自由发表文字的机关"。很快，1924年11月2日周作人日记云："下午……又至开成北楼，同玄同、伏园、小峰、矛尘、绍原、颉刚诸人议刊小周刊事,定名曰《语丝》,大约十七日出板(版)。"第二天鲁迅日记云:"上午……孙伏园来。"这应是孙伏园向鲁迅汇报昨天的《语丝》筹备会。该年11月17日,《语丝》周刊果然按计划在北京应运而生,孙伏园全力投入《语丝》的编辑。然而,历史又向他提供了一个新的主编副刊的机会。

三

讨论《京报副刊》的创办,除了孙伏园和周氏兄弟,还不能遗漏一个人,那就是当时与《京报》有关系的文学青年荆有麟。荆有麟1940年代出版了一部《鲁迅回忆》,书中有专章回忆《京报副刊》的创刊。在《〈京报〉的崛起》这一章中,荆有麟回忆在世界语专门学校听鲁迅讲课时得悉孙伏园离开《晨报副刊》,就与一起编《劳动文艺周刊》(《京报》代为发行)的胡崇轩、项亦愚商议,拟请孙伏园为《京报》新编副刊:

……我们当时对于《京报》很关心，时时向《京报》主人邵飘萍先生，提供改革意见。这一次，听见孙伏园离开《晨报》了，很想要《京报》创刊一个副刊，请孙伏园作编辑，三个人谈论的结果，觉得这办法很好，但有问题的，是《京报》请不请孙伏园呢？假使《京报》愿请孙伏园，而孙伏园又肯不肯干呢？两方面都没有把握。因为我们晓得：《京报》本来有副刊，不过它的副刊专登些赏花或捧女戏子的文章，而编此副刊者，又系与邵飘萍很有交情，且在《京报》服务多年的徐凌霄。那么，邵飘萍肯不肯停了徐凌霄所编的副刊，而另请孙伏园本人，我们都不认识他，万一邵飘萍答应请他，谁又有方法也使他答应呢？但即就是有这些困难吧，我终于大胆地找邵飘萍去。

我对邵飘萍述说了孙伏园向晨报馆辞职的经过，并告诉他《京报》应该借此机会，请伏园代办一种副刊，意外地，邵飘萍马上首肯了。而且他还说：

"我想：除请孙伏园先生编副刊外，《京报》还可仿照上海《民国日报》办法，再出七种附刊，每天一种，周而复始。这样，可以供给一般学术团体，发表他们平素所研究的专门学问。"

"能这样，当然更好。"

"那么，我们就这样决定：本报副刊，就请贵友伏园先生担任编辑。另外，七种附刊，请你设法相帮找一两个，我这里也有几个团体接过头。本报也预备出一种图书周刊，大约七种附刊，不会成问题。"

这真使我一则以喜，一则以惧，喜的是：《京报》愿担负起倡提新文化的使命。但伏园，在当时，不特不是"我的朋友"，是连一面之缘都没有，这却不能不使我恐慌起来了。

我抱着这种矛盾的心情，走出京报馆的门，看时间，已是夜里九点钟了。想着：鲁迅先生还未到睡觉期间，还是找他商议罢。

这件事，也是出乎鲁迅先生意外的，所以在我

讲完了见邵飘萍的经过,并说明我根本不认识孙伏园时,鲁迅先生这样说:

"不要紧,我代你们介绍。我想:伏园大概没有问题罢?他现在除筹办《语丝》外,也还没有其他工作。我明天去找他来。你明天晚上到这里吃晚饭。"

我这一次,却是抱着愉快的心情走回去。第二天,也将这经过,告诉了胡也频与项亦愚,自然在吃晚饭前,赶到了鲁迅先生家里。会我久已仰慕的孙伏园先生。

要解决的事情,鲁迅先生早已同伏园说过,所以我也不必再重复,吃饭时,伏园就首先告诉,他已同意。我说:

"那么,我明天告诉邵飘萍,再同他约好时间,你们先见见面。"

"那又何必呢?"鲁迅先生放下酒杯,突然插言,"邵飘萍是新闻记者,一天到晚,跑来跑去的,你找他,还得找伏园。有多麻烦?我看吃完饭,你们俩去看他,一下就决定了。"

伏园看着鲁迅先生这样力成其事,他当然也不好表示异意,所以他接着说:

"这样也好,那又要烦劳你跑一趟了。"

其实,不必说跑一趟,就是跑十趟,我也是愿意的。因为事情能成功,我们就可以看到一般学者及文人的高论与出色的创作。而我们一般青年,也可以有发言的地方了。于是一吃完饭,我就同伏园赶到了京报馆。邵飘萍刚好正在馆。

飘萍热烈地欢迎伏园进京报馆,在谈过办法、薪俸、稿费等条件后,飘萍还说:

"那么,我们现在就开始筹备罢。下一星期出版。"[11]

之所以如此具体地引录荆有麟的回忆,是因为这是迄今为止关于《京报副刊》创刊的唯一详细而完整的追述。据荆有麟在《鲁迅回忆·题记》中所忆,他写这部回忆录,正是听孙伏园所说"关于先生(指鲁迅——

笔者注）什么，应该写一点出来"（12）得到启发。《鲁迅回忆》印行过两版，孙伏园应有机会读到，如荆有麟关于《京报副刊》创刊过程的回忆与事实有所出入，孙伏园不会不表示异议。由此可见，荆有麟的回忆基本是可靠的、可信的。而且，他的回忆从鲁迅日记中也得到了进一步的证实。

1924年11月间的鲁迅日记有多条荆有麟、孙伏园到访的记载，但有两条引人注目，即11月24日，"午后荆有麟来……夜孙伏园来"；11月25日，"晚伏园来。荆有麟来"。荆有麟的回忆不是说他当时与邵飘萍谈妥后即访鲁迅，鲁迅对请孙伏园出山主编《京报副刊》表示支持，即约孙、荆两人次日晚饭商议吗？鲁迅日记这两个时间节点正与荆的回忆大致吻合，唯一不同的是荆有麟回忆前一天晚访鲁迅，而鲁迅日记所记是前一天"午后"荆有麟来访。不过，这可能是荆有麟记误了。前一天晚上孙伏园正好访鲁迅，鲁迅正可与其先谈荆有麟下午来访的提议，然后次日晚孙、荆在鲁迅处首次见面商定，当晚孙、荆立即再访邵飘萍，这样不是更为合乎情理吗？何况整个11月间，鲁迅日记中孙、荆晚上同访鲁迅仅此一次，11月25日晚到12月5日《京报副刊》诞生又时间相距最近。因此，可以推断1924年11月25日晚对《京报副刊》的诞生是个关键时刻。

总之，创办《京报副刊》的动议出之于荆有麟等，得到了《京报》主人邵飘萍的首肯，又得到了鲁迅的支持，孙伏园本人也乐于重操旧业。于是，在荆有麟的奔走下，在相关各方的共同努力下，孙伏园主编的第二个"自由发表文字的机关"《京报副刊》终于水到渠成，横空出世。

四

新创刊的《京报副刊》为16开本，日出一号，每号八版，单独装订，随《京报》赠阅。每月一册合订本则独立出售。1924年12月5日创刊号上，孙伏园以"记者"笔名发表了《理想中的日报附张》，在简要回顾民国初期报纸副刊的得失之后,就以五四时期产生了重要影响的《民国日报·觉悟》《时事新报·学灯》《晨报副刊》为例,强调"理想中的日报附张"也即副刊应该做到:

一、"宗教、哲学、科学、文学、美术等""兼收并蓄",力求"避去教科书或讲义式的艰深沉闷的弊病",对"与日常生活有关的,引人研究之趣味的,或至少艰深的学术而能用平易有趣之笔表达的",也表示欢迎。

二、副刊的"正当作用就是供给人以娱乐",所以"文学艺术这一类作品",理应是副刊的"主要部分,比学术思想的作品尤为重要"。当然,"文学艺术的文字与学术思想的文字能够打通是最好的",而就"文艺论文艺,那么,文艺与人生是无论如何不能脱离的"。

三、副刊的另一"主要部分,就是短篇的批评"。因为"无论对于社会,对于学术,对于思想,对于文学艺术,对于出版书籍",副刊"本就负有批评的责任",这是必须提倡和坚持的。

四、就文艺作品而言,副刊对于"不成形的小说,伸长了的短评,不能演的短剧,描写风景人情的游记,和饶有文艺趣味的散文"等,也应给予关注,"多多征求并登载"。而副刊也"不能全是短篇",只要"内容不与日常生活相离太远",那么,"一月登完的作品并不算长"。⁽¹³⁾

孙伏园提出的编辑《京报副刊》的这四条"理想",不妨称之为他编辑副刊的四项基本原则。显而易见,他要通过贯彻这四项原则,搭建一个至少与他以前所编的《晨报副刊》一样,甚至更为宽广、更具特色的平台,也就是把《京报副刊》办成更大、更好的"自由发表文字的机关"。这是孙伏园的雄心壮志。综观一年又四个月,总共477号《京报副刊》,他预设的目标在相当程度上达到了。

《京报副刊》的作者阵容强大,自梁启超、蔡元培以降,《新青年》同人中的鲁迅、周作人、胡适、钱玄同、刘半农,《语丝》同人中的林语堂、川岛、江绍原、顾颉刚、孙福熙、李小峰等,还有吴稚晖、许寿裳、马幼渔、沈兼士、钱稻孙等,"五四"培养的一代新文学作家王统照、鲁彦、汪静之、许钦文、蹇先艾、韦素园、台静农、李霁野、高长虹、石评梅、陈学昭、黎锦明、焦菊隐、朱大枬、向培良、章衣萍、吴曙天、冯文炳、尚钺、毕树棠、金满成、杨丙辰、荆有麟、胡崇轩（胡也频）等，后来在学术研究上卓有建树的丁文江、王森然、马寅初、俞平伯、张竞生、张东荪、张申府、容肇祖、吴承仕、邓以蛰、董作宾、魏建功、钟敬文、刘大杰、冯沅君、简又文、罗庸等，以及新月社和与新月社关系密切的徐志摩、闻一多、朱湘、饶孟侃、余上沅、子潜(孙大雨)、丁西林、彭基相等，《京报》主人邵飘萍自不必说，都在《京报副刊》上亮过相。当时北京学界文坛的精英和后起之秀很大部分成为《京报副刊》的作者，这无疑说明《京报副刊》不囿于门户，不党同伐异，而是一视同仁，完全开放的。

当然，周氏兄弟对《京报副刊》的鼎力支持至关重要。1924年12月5日《京报副刊》创刊号上就有周作人以"开明"笔名发表的《什么字》。12月7日《京报副刊》第3号也发表了鲁迅翻译的荷兰Multatuli的

《高尚生活》。从此，周氏兄弟不约而同，成为《京报副刊》的主要作者。据粗略统计，鲁迅在《京报副刊》发表的著译多达50余篇（包括连载译文在内）；周作人则更多，不断变换笔名发表的各类文字多达80余篇。而且两人都有同一天在《京报副刊》发表两文的记录。鲁迅有名的《未有天才之前》、《青年必读书》、《忽然想到》（一至九）和译文《出了象牙之塔》，周作人有名的《论国民文学》《国语文学谈》《与友人论章杨书》等，均刊于《京报副刊》。周作人发表于《京报副刊》的最后一文是1926年4月12日第465号的《恕陈源》，鲁迅发表于《京报副刊》的最后一文则是同年4月16日第469号的《大衍发微》，八天之后，《京报副刊》就被迫停刊了。应该可以这样说，周氏兄弟与《京报副刊》的命运共始终。

正如孙伏园所设计的，作为大型的以文艺为主的综合性副刊，《京报副刊》对新文学范畴内的小说、诗歌、散文、剧本、杂文、文艺理论、书评及外国文学翻译给予了足够的重视，对传统文化范畴内的国学、史学、古典文学、音韵文字学、考古学、佛学、医学等，也给予了必要的关注，而对包括马克思主义、无政府主义、国家主义在内的西方哲学、历史学、政治学、教育学、心理学、逻辑学、新闻学、经济学、伦理学、宗教学、人类学、民族学、民俗学、艺术学、美学乃至性学，还有不少门类的自然科学，或评述或翻译，同样十分注重。而且，孙伏园力求"各方面的言论都能容纳"[14]，鼓励文艺学术上的争鸣诘难。特别是孙伏园1925年1月策划了声势浩大的"青年必读书"和"青年爱读书""二大征求"，70余位知名专家学者，300余位青年的应征文字陆续在《京报副刊》刊出。鲁迅提出"我以为要少——或者竟不——看中国书，多看外国书"的主张[15]，引起激烈争论，论争文章多达60余篇，成为当时中国学界的一桩公案，影响深远。而1925年5月至8月由顾颉刚主持的六期"妙香山进香专号"民间风俗信仰调查，1926年1月至3月的《京报副刊》"周年纪念论文"系列等，也都颇具规模，可圈可点。

与此同时，《京报副刊》也敢于直面现实，介入现实，孙伏园就曾严正宣告，"对于国家大事，我们也绝不肯丢在脑后"[16]。对当时震动全国的"女师大事件"、"三一八"惨案、"五卅"惨案等重大事件，《京报副刊》都及时做出强烈反应。针对"五卅"惨案，《京报副刊》先后推出"上海惨剧特刊""沪汉后援特刊""救国特刊"和"反抗英日强权特刊"等多期，旗帜鲜明地站在被压迫者这一边，支持爱国救亡，这在"四大副刊"史上颇为难得。

总之，《京报副刊》后来居上，在推动新文学多样化进程，建构当时中国社会文化、政治公共空间方面做出了可贵的努力。《京报》也因《京报副刊》而销量大增，不胫而走，青年人"纷纷退《晨报》而订《京报》"，"于是《京报》风靡北方了，终至发生'纸贵洛阳'现象，因为它在文化上实在起了重大作用"[17]。

然而，《京报》包括《京报副刊》的激进批判姿态，引起正在混战的北洋军阀的忌恨。1926年4月24日，《京报》突遭查封，26日《京报》主人邵飘萍被奉系军阀杀害。一夜之间，《京报副刊》在出版了477号之后画上了休止符,结束了它的历史使命。

1920年代新文学"四大副刊"中,《京报副刊》虽然创刊时间最晚,存在时间也最短,但在当时中国知识界所发挥的作用、所产生的影响,却并不亚于另外三种。近年来海内外中国现代文学和文化研究界开始注意到《京报副刊》,意识到可把《京报副刊》视为1920年代中期中国文化场域整体结构的又一个重要部分来加以考察,以《京报副刊》为对象的硕士、博士论文和专题研究已越来越多,有阐释《京报副刊》的媒介性质及文化角色的,有探讨《京报副刊》在新文学进程中的作用的,也有爬梳《京报副刊》与《语丝》的互动关系的,甚至《京报副刊》的合订本、"刊中刊"现象等也进入了研究者的视野。但是,九十余个春秋过去了,寻找一套完整的《京报副刊》已经不易,影印全套《京报副刊》正逢其时。在笔者看来,《京报副刊》影印本的出版将促进对中国现代思想史、文学史、学术史、副刊史和知识分子心态史的研究,这是完全可以预期的。

注释：

（1）《晨报》和《京报》在北京出版，《时事新报》和《民国日报》在上海出版。

（2）朱自清：《中国新文学研究纲要·总论》，《朱自清全集》第8卷，南京：江苏教育出版社，1993年，第77页。

（3）沈从文：《编者言》，天津：《益世报·文学周刊》，1946年10月20日第11期。转引自《沈从文全集》第16卷，太原：北岳文艺出版社，2002年，第447页。

（4）曹聚仁：《北晨与京报》，《文坛五十年（正集）》，香港：新文化出版社，1955年，第159页。

（5）中共中央马克思、恩格斯、列宁、斯大林著作编译局研究室：《晨报副刊》，《五四时期期刊介绍》第一集上册，北京：生活·读书·新知三联书店，1979年，第100页。

（6）参见吕晓英：《副刊掌门·主编〈京报副刊〉》，

《孙伏园评传》，北京：中国社会科学出版社，2011年，第49~61页；陈捷：《〈京报副刊〉综述》，《史料与阐释》贰零壹贰卷合刊本，上海：复旦大学出版社，2014年，第347~357页。

（7）孙伏园：《鲁迅和当年北京的几个副刊》，《北京日报》，1956年10月17日。转引自孙伏园：《鲁迅先生二三事》，长沙：湖南人民出版社，1980年，第65页。

（8）孙伏园：《京副一周年》，《京报副刊》，1925年12月5日第349号。

（9）《晨报副刊》1924年7月9日、10日连载周作人以朴念仁笔名写的《徐文长的故事》，7月12日又发表林兰女士受周作人文启发写的《徐文长的故事》，7月14日发表青人的《再谈徐文长的故事》，7月15日发表李小阿的《徐文长的故事》等，然后戛然而止。

（10）周岂明：《答伏园论〈语丝的文体〉》，《语丝》，1925年11月23日第54期。

（11）荆有麟：《〈京报〉的崛起》，《鲁迅回忆》，上海：上海杂志公司，1947年复兴一版，第94~97页。《鲁迅回忆》1943年初版时书名为《鲁迅回忆断片》，复兴一版时改为现名。

（12）荆有麟：《题记》，《鲁迅回忆》，上海：上海杂志公司，1947年，第3页。

（13）以上引自记者：《理想中的日报附张》，《京报副刊》，1924年12月5日第1号。

（14）钱玄同评《京报副刊》语，转引自孙伏园：《京副一周年》，《京报副刊》，1925年12月5日第349号。

（15）鲁迅：《青年必读书》，《京报副刊》，1925年2月21日第67号。

（16）孙伏园：《引言》，《京报副刊》，1925年6月8日第173号《上海惨剧特刊（一）》。

（17）荆有麟：《〈京报副刊〉的崛起》，《鲁迅回忆》，上海：上海杂志公司，1947年，第100页。

副刊·"姚式编排"·等等

冯亦代

有人视当报刊编辑为畏途,怕不知什么时候出个差错,或是得罪了人。但是我却不如是想,而且深感作为一个编辑的幸福。当你如沙里淘金似的选出一批来稿,经你绞尽脑汁编排成版面,一等白纸上印成黑字,拿着新出版的报刊,纸上浮起一阵阵油墨的清香,你真不能掩住心头的喜悦,因为又是一批智慧的结晶,变成可以为万众欣赏的东西;见到新刊的一本杂志,一个副刊，真如自己得了一个宁馨儿那样的高兴。

我在初中念书的时候，遇到一位爱好文学的老师，他姓江，可惜我现在已记不清他的名字，能记得的是他在大革命不久后被捕，以后便消息杳然了。他教的是语文课，不但介绍我们读了许多创造社出版的书，而且鼓励我们写作。他对我们写的东西，一字一句都仔细修改，而且还把我们叫去详谈为什么要改。我们在他的鼓励下，居然凑了点钱编印了一个三十二开半张纸的小刊物，就叫我来编辑，这个刊物只出版了三期，不久因为要向国民党的机构登记，又要一笔保证金，穷学生应付不了，便只能"寿终正寝"。

这该是我当编辑的第一遭吧！不但培养了我对文学的兴趣，而且使我立下了以后要做文学工作的志愿。当时我不过十四五岁，自己的刊物办不成，便向报纸的副刊投稿，采用我最多稿件的是当时沈玄庐在杭州主办的《民生日报》副刊。那个副刊的名字，我现在已记不清，副刊编辑的身影倒依稀还能想起。是个胖乎乎的年轻人，姓赵，穿了一双长统马靴、黄马裤、蓝西服上衣的"维特"装，那是当时青年人流行的时装，投了几次稿，他便约我去见他，从此一来二往便熟悉起来。报馆离我家不远，我几乎天天放了学要去待一会儿，坐在他桌子旁边，看他熟谙地运用红笔、剪刀、糨糊，真使我艳羡不已。但我逐渐看出他志不在此，他想做官，编副刊不过是他的"敲门砖"。因为在我当时的心目中，一个编辑一定是很珍惜来稿的，而且也有修改来稿的义务，他则不然，随便把信封一拆，看不了几行，要用的留下，不用的便向纸篓一塞。有时他大声叹气，那准是昨夜赌输了或是宿酒未醒。一看我去，便说你来帮帮忙吧，我今天身体不好，脑子不灵。这样我便战战兢兢地坐上他的那把圈椅，挥动起了红笔，当然用什么稿子还是要听他的。不久这位先生居然时运亨通，到南京去做官了。留下来的工作，一时无人承担，便由该报的另一位编辑张人权兼起来。

张人权是留法勤工俭学的学生，和陈毅同志是很要好的同学，不过这件事我是在上海解放前夕才知道的。他那时已经翻译出版了法国作家都德的《磨坊文札》，译笔清丽可诵,我是十分佩服他的。他在报馆里当国内外要闻编辑,再兼编副刊,实在有些忙不过来,就要我帮他的忙,我是初生之犊不畏虎,又写又编。他为了活泼版面,有时便自己画几笔,还带上教我也画几笔。大概过了一两个月,来了正式的编辑,我才不再"客串"。后来报纸被查封了,我和报纸副刊的关系,也告一段落。

20世纪30年代我在上海读书,那时新出版一张四开小型的《小晨报》,由姚苏凤主编。这张报纸虽小,但在学生界的销路却不小。因为它很别致。四版报纸除一、四两版是国内外新闻外,二、三两版完全是副刊,内容除小说不出现外,什么散文、杂感、影评、剧评、诗、漫画,中外古今,五花八门,各式俱全。姚苏凤还化名陶乐赛女士,在副刊上设立信箱,专门回答痴男怨女的婚姻和生活问题。这种报纸的形式的确是姚苏凤的创造。

20世纪30年代上海滩的小型报纸,多如过江之鲫,除了几份左翼办的,大都风格不高,甚至下流无耻。因此《小晨报》一出,由于编得新颖,颇得读者好评。

《小晨报》一个主要的特点,起初并不为人注意,那就是这两版副刊的编排设计,确是独具匠心,后来我们搞副刊的称之为"姚式编排"。当然这样的编排,今天看来已是司空见惯,但在30年代,是颇为新颖的。版面上辟栏,长条,加花边,转行等,甚至是两三个"星"点,都显得那么妥帖,使人看了双目清爽,这本来是张国民党办的报纸,不值得一读,但我注意的是别出心裁的版面设计、五花八门的文章和球讯。

上海沦陷后,姚苏凤到香港当了《星报》总编辑,这是一张对开的晚报,格局完全是放大了的《小晨报》。姚苏凤虽是总编辑,但既不编国内版,也不常写社论,他辛苦经营的,仍是第四版的副刊,如今扩大了版面,内容更包罗万象了,除与《小晨报》同样的内容外,又增加了文艺作品、长篇连载(小说与非小说的)。当时登载的是国际间谍范思伯回忆录的译文,因为内容与日帝在华间谍网有关,所以很受读者欢迎。回忆录登完了,便连载我翻译的克利斯多夫·依雪乌德的《中国之行》,那是写抗战前线的。此外还登载"麻将经"

和"桥牌经",对于香港那些只讲吃喝玩乐的绅士淑女,也是一种吸引力。当然《星报》的社论也吸引了一部分严肃的读者。原来写社论的人被香港当局驱逐出境后,由一位地下党的同志每周写三篇,他是当时香港的国际问题专家,因此每当有他署名的社论刊出,当天的报纸销路便可增加差不多一倍。

香港的外国通讯社,都是用英文发稿的,因之每个报馆都有翻译人员,《星报》也不例外。初创时这工作是由徐迟担任的,到1939年下半年,他另有工作,翻译工作便由我的一位老同学介绍我去担任。这也是我和姚苏凤的第一次合作。

我进了报馆,先只是翻译电讯,以后和姚苏凤熟悉了,我便有意识地暗地里学他的编排功夫,有时我觉得他连续用同一种版式两三日之久,便向他提出意见;有时还和他讨论当天报纸各版的版式。他见我对此道颇感兴趣,便让我也编了几次试试,出版之后,他又不嫌麻烦,指出我的不当之处,我也恭敬受教。以后每逢他有个头痛脑热的,便由我代他发稿,再后来,他干脆划出一天的一个版面，叫我每周编一期关于电影的专刊，刊名就叫《第八艺术》，这是我真正做副刊编辑的开始。

姚苏凤自己从来没有谈过他编副刊的方法，但是我当时在学习他的编排的过程中，概括了几点。从内容方面讲，他注意稿件性质的"杂"，各方面的稿件，他都兼容并蓄。从编排形式方面讲，他注意朴素大方，不搞花花草草的装饰。长文章可以从第一栏，像"S"形或"之"形转到末一栏；短的稿件则可排成一块块长方形、正方形或扁方形的"豆腐干"，这边塞一块，那边摆一块，从匀称上着眼。有时左右辟栏，有时上下辟栏。最忌讳的是这篇文章的题目与另一篇文章的题目，列成平行，成一字形。题目因为用大号字或异体字，如果地位摆得好，该稀时则稀，该密时则密，的确是可以布置得很美观的。如果有漫画，那这幅画便得放在最显眼，而又不妨碍文字转行的地方。此外还得注意所用铅条的粗细，花边的图案，如此等等。总之，我当时体会到，做一个副刊编辑，首先最好是个"杂家",不一定什么都精,但多少什么都懂一点,这样便有利于选稿工作;其次你必须随时征询读者的意见,随时研究读者的好恶,这样才能使你的内容不至于和读者的要求背道而驰。至于版面形式方面,便须有点儿审美观念,而且要随时留意中外报刊编排的新点子,取人之长,补己之短。总之,我认为当好一个副刊编辑,不但要识作者的心理,还要识读者的心理,至于版面,则须要求自己对美的敏感,还要和艺术家做朋友,受他们对美的熏陶,使自己在报纸的版面上,从死板的字形、铅条中创造出美观而又和谐的构图来。

1940年我和沈镛办了个杂志《电影与戏剧》,十六开本。从内容上讲,也还是要"杂",在电影与戏剧这个范围中,来求做到"杂",如论文、评介、新闻、人物访问、花絮……而且要图文并茂,使读者能够得到趣味上的调剂。如果篇篇都是长文章,没有插图,没有短文章,再耐心的读者看了也会打瞌睡的。至于版面,困难就多了。十六开的版面,两面合起来也不过是八开。照丁聪的话说是"玩儿不开",但不开也得开,动脑筋使版面编得生动、活泼、美观、大方，要做得面面俱到。我那时设计版面，是得到已故的张光宇、张正宇兄弟很多指教的。

1942年，姚苏凤由香港撤退到了重庆，在《新民晚报》编副刊。我和他见面较少，但每天我还是注意他的版面编排，这已成为我的癖好了。一拿到报纸，不是先看内容，而是先看编排样式。1945年夏天，我和他偶然路遇，便上咖啡馆去谈了一会儿。他问我抗战胜利后想干点什么，我说我想进哪一家报纸当个副刊编辑。他说想找一个老板回上海搞一个小型报，并要我和他合作，我答应了。这便是抗战后在上海出版的《世界晨报》的开始。

《世界晨报》的内容版面，一如《小晨报》和《星报》，但内容更杂了。这个报纸没有社论，因为我们要在国民党的新闻检查夹缝中求生存。便尽量用外电作头条，而极力避免用国民党中央社的电讯。有一时期，报纸受到国民党的打压很大，有几天由于压力，只好连续使用中央社的谎报军情。夏衍同志那时还在上海，他把我叫了去，要我注意报纸版面的倾向性，因为那时我虽不管编辑，但对报纸是负总责的。我和夏衍同志研究的结果，便请他每天在第一版写个名叫《蚯蚓眼》的专栏（署名东风），文章不过每段几句话，却极尽对国民党讥嘲讽刺之能事，有时令人作会意的微笑，有时则令人拍案叫绝。报纸的销路增加了，而国民党的检查官更伤脑筋了，最后就施用他们的拿手好戏，给报纸"开天窗"，但我们并不屈服，《蚯蚓眼》时开时闭，但《蚯蚓眼》始终还是《蚯蚓眼》。

配合着《蚯蚓眼》，我们又在第四版本埠新闻上辟一栏《问花集》，也用冷嘲热讽的笔法，令读者看来舒口"鸟气"。以后《问花集》的作者另有高就，便由我继续写《泪眼集》，也是如法炮制。而国民党审查官唯一的手段，便是给你在大样上用红笔勾去。

姚苏凤有个好处，虽然他是国民党员，但他对于报馆的人事，绝不插手。因此我们报馆的记者、编辑及撰稿人中，有许多是地下党员或进步青年，今天有的成了领导干部，有的成了作家、翻译家、教授、编辑。

姚苏凤不是不知道这些人的政治倾向，因为这可以从各人所编所写的稿件中一望而知，他也曾为此受到过国民党党棍潘公展之流的斥责，可是他从不向我抱怨，或者提出要撤换人。

这报纸前后只出版了一年，便被迫停刊。国民党的手段不是采取明封的办法，而是暗地里先不让外地的报纸代销商出售这张报纸，然后逐步推行到市内，使报纸卖不出去。原先投资的老板因为每月亏损，把报纸维持到十个多月便不肯再出钱，姚苏凤也回《新民报》去了，我便去找朱学范同志出资帮助，但一个月后，朱学范被迫离沪，报纸终于办不下去了，只得关门大吉。

大既在1946年夏，有一天冯宾符、陈翰伯两同志，约我到《联合晚报》去谈话，他们要我去接编该报的副刊《夕拾》。《联合晚报》是地下党领导的一张报纸，我当然答应。一边编副刊，一边每日写五百字左右的专栏，名曰《灯下随笔》。时局对国民党越不利，《灯下随笔》也便经常被"开天窗"。以后因为我另有任务，《夕拾》便由袁鹰编下去，一直到1947年5月下旬《联合晚报》被封为止。1949年5月下旬上海解放,夏衍同志负责上海的文化宣传工作,为了安排原来上海各小型报的工作人员和撰稿人,叫我设法办了张《大报》,名称虽"大",报纸却是四开的,二、三两版是副刊,仍是仿照当年《小晨报》和《世界晨报》的格局。但我只担任了个名义职务,一切都由已故的李之华同志负责,因为出席第一次文代会后,我便被调到北京参加国际新闻局的筹备工作了。1950年年初,我出差到上海,也到报馆看看,编副刊的同志正要画版样,我不禁手痒,代他画样发稿,这是我最后一次做副刊的编排工作。

谈谈"报屁股"

胡愈之

最近偶然读到了陈毅同志的一篇讲话稿。其中说:"我从小看报,就先看'报屁股',即副刊,五十年如一日。"

确实是这样。从五四运动以后到抗日战争爆发,一般青年知识分子总是爱看"报屁股"。"报屁股"这个名称是什么时候,又是什么人创造出来的,现在怎么记也记不起来了。既然记不起来,就只能推测,推测得对不对,由大家来评判吧。

"报屁股"是一种形象化的称呼，它总是附在报纸的最后一版上面。它和现在的报纸副刊又不完全一样。现在我们所谓的副刊，大部分是专业性的，如国际副刊、文艺副刊之类，一般隔一个星期或两个星期才刊载一次。"报屁股"却是天天都有的综合性副刊，古今中外，饮食男女，无所不谈。"报屁股"还有一个特点，就是文章短小精悍，除翻译外国作品以外，每篇一般是五百到一千字。至于空洞无物的长篇大论，在"报屁股"上是没有它的地位的。

辛亥革命以后，上海成为中国新闻事业的中心。上海的几家大报纸，如《申报》《新闻报》《时报》和后起的《时事新报》《民国日报》都销行全国。这些大报纸也都有副刊之类，但大都是谈情说爱，或者刊载一些旧诗词，是后来被称为"鸳鸯蝴蝶派"所霸占的阵地。到了五四运动以后白话文和新文学逐渐占领了报纸末尾的版面。当时文言文和白话文、旧文学（国故）和新文学之间展开了一场持久的你死我活的斗争。在1925年大革命开始以前，全国出版物除极个别（如《新青年》）以外，其他是直接或间接地在封建军阀官僚政客控制之下的。报纸的专电、要闻、社论等都用四号字和二号字，用的全部是没有标点的文言文。所谓新文学运动当时是禁区。五四新文化运动以后，有一些比较进步的知识分子打进报纸的角落，在敌后进行游击战。最初是从北京《晨报》开始的。接着上海的《时事新报》和《国民日报》也被局部占领了。这敌后游击区，人们给它改一个名儿，这就是"报屁股"栏。所谓"报屁股"，从报纸本身来说是用五号字排的，向来并不被重视；但对于当时越来越多的要求思想解放的读者来说，则是最受欢迎的。

记得茅盾同志的创作生活就是从这样一种打游击的方式开始的。他虽然在 20 世纪 20 年代初期已经在商务印书馆从事写作，在《学生杂志》发表过许多文章。当时商务印书馆编辑部的负责编辑，极大多数是保守派，有些还是清朝的遗老。商务印书馆早就出过不少外国的文学名著，但极大部分是由林琴南用古文译成的。茅盾同志在商务印书馆用的姓名是沈德鸿，他公开发表的文章和译作也是用文言文，甚至是骈体文。他还是以善写骈体文出了名的。但是就在差不多同一时期，他也写白话文，以"雁冰"的笔名向《时事新报》的《学灯》和《国民日报》的《觉悟》投寄创作和译文，也在北京的报纸上投稿。在商务印书馆内几乎没有人知道。由于白话文学越来越受到读者的欢迎，商务印书馆的老一套出版物销路下降了。林琴南翻译的小说不再时兴了，特别是由王西神主编的代表鸳鸯蝴蝶派的《小说月报》几乎没有人爱看了。当时商务印书馆总编辑高梦旦先生还是比较识时务的。他知道新文化运动起源于北京，他就到北京找到文学研究会的负责人，要他们推荐一位能写白话文的作者来主编《小说月报》。北京的那位朋友就说："你们商务印书馆编辑部就有一位白话文学的大作家雁冰，为什么你们不找他？"高老先生不知雁冰是谁，瞠目不知所对。回上海后，他才查明雁冰就是沈德鸿，第二年他就辞退王西神，请茅盾主编《小说月报》。《小说月报》换了主编以后，在新文化运动中，起了巨大作用，不在这里说了。

但是"报屁股"文学发展到顶点，则是 20 世纪 30 年代的事。这是要归功于鲁迅的。

在 20 世纪 30 年代以前鲁迅也写过许多杂文，大部分发表在各种同人刊物上的。鲁迅自己说在以前从未在上海报纸上投过稿。

到了 1933 年，这也是日本帝国主义开始侵占华北、蒋介石发动疯狂的反共"围剿"的一年，鲁迅却在中国销量最大的《申报》的《自由谈》上发表了大量的最富于战斗性的杂文。从 1933 年 1 月到 5 月，鲁迅为《自由谈》写了四十三篇杂文，大部分署了鲁迅的名，到了 5 月间，由于国民党向申报社施以压力，鲁迅不能再用原名写稿了。从 6 月起仍然用各种笔名又写了六十四篇，其中极大多数仍然是在《自由谈》上发表的。前者后来收入《伪自由书》，后者收入《准风月谈》。在 1933 年一年中，鲁迅就专为《自由谈》写了一百多篇杂文。此外鲁迅还在《中华日报》和《大晚报》的"报屁股"里写了一些杂文。几乎每两三天总可以从"报屁股"上读到鲁迅的杂文。那时鲁迅身体已常在病中，却日日夜夜用全副力量来写杂文。这些杂文，都是有针对性的。帝国主义、国民党反动派、他们的御用文人、遗老、遗少，以及革命阵营内部一些机会主义分子，都是他抨击的对象。他虽然仍然用"报屁股"来作场地，但这已经不是敌后的游击战，而是反文化"围剿"取得最后胜利的阵地战了。他用的武器也已经不是匕首短刀而是坦克和导弹了。到了这时，鲁迅的杂文已经发展到最高境界，达到他特有的风格。正如毛主席所说："鲁迅后期的杂文最深刻有力，并没有片面性，就是因为这时候他学会了辩证法。"（见《在中国共产党全国宣传会议上的讲话》）

记得被鲁迅用唯物辩证法这一锐利武器打得屁滚尿流的落水狗们，曾经狺狺地说："只会在'报屁股'上写短文章，这能算得上一个作家吗？"

"报屁股"这个名称，我记得不太清楚，大概是这样产生出来的。这好像是一个贬义词，但是直到现在，我对"报屁股"还留着极其深刻的印象。因为它使我想起鲁迅，它也使我多少学到一点辩证法。

忆梅畹华

—— 梅兰芳与《文汇报》

黄 裳

1946年我在《文汇报》当记者,刚从南京回来,正当梁漱溟发出"一觉醒来,和平已经死了"的感叹之际,国共双方谈判濒临破裂关头,国民党打下了张垣,兴高采烈,宣布即将举行所谓"国民大会",并开大会庆祝,邀请全国名伶参与盛会。共产党和民主党派采取了坚决反对、抵制的态度。《文汇报》理所当然地站在同一立场。被邀请的首席名伶自然非梅兰芳莫属。当时我在《文汇报》编娱乐版"浮世绘",开辟了一个专栏,发表了一篇《饯梅兰芳》,不用笔名"旧史",旨在劝阻梅先生不去蹚这潭浑水。文章不好写,话不能直说,但梅和广大读者读后心里是明白的。最近黄永玉说起这篇文字,他说:"《饯梅兰芳》一文的历史背景和几十年后重翻波澜的情况就不赘述了。""想想看,当年的黄裳才不过二十几岁的人,有那么深刻的胆识,那么宏阔的气势,敢面对大权威做好意委婉的规劝,文章是那么漂亮,排解得那么清晰,遗憾归遗憾,谅解归谅解,事情却是铁板钉钉,大家看完,大大舒了一口气。"(见《黄裳浅识》)我不喜欢重述或引用吹嘘自己的文字,这次是破例。因为永玉是真能读懂我的意思的一人。不是吹捧,几句话把纠缠不清的问题都说清楚了。

这是梅兰芳和《文汇报》发生关系之始。

后来我和梅先生认识并进而熟识,彼此都没有提起过这篇文章,就连梅的子女和"梅党"老辈、后生也都不曾说起。恰在此际,《文汇报》有改版计划,提出四大连载,其中之一就是梅兰芳的自传。而这次约稿任务恰好落在我的头上。这可是个烫手的山芋,不折不扣的艰巨任务。事前已经料到,必碰软钉子无疑。果然,首次拜访约稿的结果正是如此。梅说他演出甚忙,再加上京剧院的行政任务,实在抽不出时间执笔。这也确是实情。我只好没话找话,说您今后演出、行政、社会活动只会更忙,不见缝插针完成此一开辟性的工作,那可太可惜了。(这些话都见《舞台生活四十年》梅的自序)还是从长计议,别图良策为好。结果留下一条尾巴,不了了之。

我想,要想攻破此一坚固堡垒,必须另寻出路。我知道梅的不少老朋友,对此一提议是不无兴趣的,必须发动他们的力量,从旁促成。效果比我这陌生记者的约稿,力量要大得多。其时正好梅葆玖率梅剧团到苏州演出,我就赶到吴下,找到了梅的秘书许姬传,商量此事。姬传是个好相与的人,一见如故,我就请他从旁说项,发动"梅党"老辈推动,并提出可以考虑由梅口述，许做笔录的方式。同时说明报社不惜人力、物力，加以支持的态度。果然，坚壁就此打破，助力从旁而来，梅的老朋友兴致颇高，答应尽力从旁协助，以供咨询，梅的家属也毫无保留地拿出珍藏的早年照片，交由王开照相馆翻拍以供插图之用。后来几次在梅花诗屋与梅商讨写作方式，他在演出余暇，口述往事，由姬传笔录，寄到上海，由姬传的弟弟源来整理加工，交给我阅定付排。许氏弟兄都是旧家出身，写的是桐城派古文。记得最早得到的手稿，只是几条速记的素材，不成文字。这就给我们出了一大难题。怎样使这干巴巴的条文化为报刊文字，着实花了很大气力。许久以后，来稿方渐合规格。姬传后来写了不少《梅边琐记》之类的文字，是得力于梅传写作的锻炼的。这也是我与梅氏的一段文字因缘。

《舞台生活四十年》在《文汇报》发表后，果然引起很大的反响。连载发表前我曾写过一篇介绍文字，提出对此书的整体规划与希望，可惜限于条件，未能充分体现。读者的反应，大部分是赞赏，反对者也有一些。

如嫌文字陈旧,与时下文风不合;有的读者不满文字偏重传主生活描述,如养鸽、学画……而非舞台表演教程,质量不高,等等。这些意见,我都顶住了。姬传的文字虽与时风有别,但也别有一番风趣,不必强求一致。作为第一部艺术家的传记,并非艺术学校的教程,而艺术家的生活,处处都与他的艺术创作息息相关,不可视作闲文。这些意见,都得到文坛前辈如夏衍的支持。

《舞台生活四十年》在《文汇报》连载经年,成书两册,先后由平明出版社、人民文学出版社印行。"三集"的记录者增加了朱家溍先生。最近又有新版印行。推源话始,此书之成,是《文汇报》的成绩之一,是文化建设的一件大事。

最近发生的一件有关梅氏公案,是《南方周末》上出现的一篇有关梅兰芳幼年生活的文章,它根据无根之谈,妄说早岁梅氏的入班学戏进富连成借台演唱的经过,对出身寒微的幼年梅兰芳的艰苦奋斗做了远离事实的揣测,轻薄为文,毫无同情之感。对此,我写了一篇《关于"梅郎"》,发表在《文汇报》"笔会"上,回忆往事,说明梅氏立身处世,自有不可撼动的自我主张,以见一位表演艺术大师德艺双馨的崇高格调,足为后来者的楷模。则又一事也。

2008 年 1 月 4 日

"八版"顾问

——为萧乾文学生涯六十年作

姜德明

第一次见到萧乾,是在1951年的春天。那是在西单舍饭寺的北京新闻学校,他应校长陈翰伯之邀来做报告,讲的是《湖南土地改革参观的收获》。那时他在国际新闻局工作吧。

解放前,我是他作品的忠实读者,还特别欣赏他给自己作品起的那些书名，什么《梦之谷》《小树叶》《珍珠米》《南德的暮秋》《人生采访》等等，都很美。我也羡慕他记者的职业，可以到各地去旅行。说是他的"忠实读者"，我可不是为了套近乎，现在才补办的这个名义。十几年前我曾经捧着他解放前的作品，到他天坛南门的府上去，请他签名留念。其中有的还是我读高中时买的新书，记得当年购书回家后，不吃不喝，第一件事就是用透明纸包上书皮。四十多年了，书籍依旧如新，竟使作者一见之下大为吃惊。

对他的书怎么个喜欢法，我不愿以今天的眼光来抬高旧时的认识。那时我只喜欢他的作品写的是现实生活，语言又漂亮、俏皮，如此而已。当然，我也知道郭老在香港说他是黑色文艺的代表，以郭老那时的威望，我思想上不能说全无所动；可是我也没有想过这与我有什么关系。那时我根本没有想到将来会结识郭、萧两位前辈，也没想到自己日后会当记者和作家。总之，我第一次见到萧乾既不是他风华正茂、神采飞扬的时候，也不是他后来交华盖运，正在倒霉的时候。

再见他,并与他结伴工作时,已是1956年的夏天。那时报纸将在7月1日改版,不仅由四个版增加为八个版,创办副刊,更重要的是摆脱了毫无作为地照搬苏联《真理报》的模式,开始走自己的道路。副刊没有名称,因在第八版,简称"八版"。当时领导思想开放,也很尊重党外的专家,比如装饰画家张正宇先生便被请来设计版面,萧乾正是在这种背景下被胡乔木请来担任"八版"顾问的。

本来20世纪50年代初文艺部也有几位顾问,都是党内知名的文艺家和行政领导,如周扬、丁玲以及后来的夏衍等。但萧乾顾问每天上午都来坐班,我们同在一间办公室,成为同事。那时我才二十几岁,年轻力壮,文艺部主任林淡秋分配我一个任务,让我跟着萧乾跑,为副刊组稿,最好把他认识的作家也能全部认识,以便日后联系。淡秋还嘱咐我,要特别尊重萧乾同志,他可是个办副刊的能手。1956年实在是个值得人们怀念的年头,党提出了"双百"方针的口号,人们意气风发,谁也没有预料到不久后到来的那场政治斗争。

我想，萧乾在副刊当顾问的日子，一定非常愉快，也许是解放后他工作最顺心的一段日子。因为不管他做过什么工作，得到过多么高的职位，从根本上说他应该是一位最理想的副刊编者或新闻记者。当年同他在一起时，我太粗心，也太年轻了，几乎不懂得去了解别人。今天回忆起来，从他那热情、兴奋的工作态度中，仿佛可以觉察出他偶然流露出来的一种满足和期待。他太爱副刊，也太爱记者的职业了。

那时他的身体真棒，整天骑着一辆旧自行车，车架子后边还夹着一件绿色的军用胶皮雨衣（我不记得他那时是否已有了闻鼻烟的习惯）。开会时他似乎还有点拘谨，发言不多，工作起来却非常活跃，也很轻松。我们一起出发以前，他总向我介绍一点将要拜访的人的简况，不免涉及一些文坛掌故或作家的趣事，都是我前所未闻的。可惜那时还没有录音机，有很多有趣的故事都已随风而逝了。

他领我去拜访过冰心、沈从文、李健吾、杨晦、何其芳、钱锺书、杨绛、陈梦家、赵萝蕤、杨宪益、吴祖光、黄苗子、张友鸾等人，也有并非文艺界的金克木、邓广铭、谭邦杰、周太玄等人。太玄先生是五四时代少年中国学会的成员，他在东厂胡同的科学院图书馆接待了我们。谭先生是西郊动物园的专家，为我们写了动物小品，有一篇是专讲动物园夜间野兽的叫声的，非常精彩。钱默存先生那时还住在西郊。去看冰心先生时，是老人的女儿吴青开的门，她那举手请客人入内的彬彬有礼的风度，至今如在眼前……我不以为开列这个并不齐全的名单是多余的，因为它反映了那个时期党报对知识分子的尊重以及团结老作家的真诚愿望。

除访问作者以外，他在日常编务中也出了力，而且提了不少好的建议，并带头实干。记得他提议副刊要多积累一些补白小品，版面临时需要了，可以随时填上去。各式各样的补白文章，可以满足读者多方面的兴趣，也可调剂版面，千万不要瞧不起这种雕虫小技。袁水拍首先响应，他以司马牛的笔名写了三言两语式的小杂感。萧乾发挥了他的外文专长，带头编译世界文学名家格言，定名为"小语录"。开头登的是萧伯纳的，比如，"一个人感到害羞的事情越多，就越值得尊敬"。又如，"最坏的集团是那只有一个成员的集团"。每次只刊四五条，所占地盘不过一张大型邮票那么大小，而且还要标出作家生卒年，配以适于制版的作家肖像，文字四周还加上美丽的花边。为了这么一点小玩意儿，萧乾不知找了多少外文书，译出的条目比刊出的要多几倍，以备大家挑选。为了找作家的肖像，他又要另外去借书和画册。如果不是热爱副刊和关心读者，犯得着这么费心吗？他接连编译了爱默生、雨果、易卜生等人的格言，用了"柱父"的笔名。这时我才知道，他的大儿子小名叫"铁柱"。为了办好这百十来字的小专栏，他还动员了翻译家李文俊，让他编译了富兰克林的小格言。袁水拍也以"酒泉"的笔名编译了若干条印度的格言。我不知道今后还有没有如此知名的大家，专门为副刊读者创作这样百十来字甚至只有几十个字的补白文章。

　　萧乾还主张副刊编辑不能只做技术工作和组织工作，自己也要动笔，而且最好是十八般武艺全来得，在这段时间里，他为本报写了访问内蒙古的通讯《万里赶羊》，又为副刊写了散文《初冬过三峡》，还化名发表了影评，评介了柯灵编剧，赵丹、白杨主演的《为了和平》。我想，这也可能是他新中国成立后创作力最旺盛的一个时期。此时他有归队之感，心情好，笔底也快，若是允许他独当一面地工作，他的才华和创作力会更有效地发挥出来。

可惜这段美好的日子很快就过去了。反右运动一来，很多人都已招架不住。

在文联大楼开批判他的大会，我也奉命去参加了一次，为了接受"教育"。幸好没人让我去发言或揭发他。我只记得会议主持人在会场上进进出出，神秘地布置着什么，气氛相当紧张。萧乾低着头坐在一边，一直那么沉默着。我不知道当时他正在想些什么……而我也正在沉默着，我在想着什么呢？我正在想他究竟是什么颜色，黑的、白的，还是杂色的……想着我当年在天津书店里买回他的书，赶快包上透明的书皮；想着他不久以前，还推着那辆旧自行车，站在我们贡院东街的宿舍大院里喊着我的名字:"老姜,在家吗?快点呀,我们该走了。"

我们还能去拜访谁呢?

1991 年 12 月

《浅草》[①]献词

柯 灵

在满纸翻腾的硝烟和血腥中间,我们匀出小小一角,作为文艺园地,献与作者、读者。名字叫作《浅草》。

我们并不想跳出扰攘的人间,用一双贫血的白手建造象牙塔,鸵鸟似的钻进头去"安身立命";这不是一个乌托邦。我们不忘记无数人在呻吟,无数人在挣扎,

---

① 《浅草》为《大美报》副刊,1939年12月1日创刊。

无数人咬紧牙关，慷慨地交出生命；这不是一片干净土地。

我们不菲薄自己，明白一支笔在这个时代还应当有它的用处；却也知道自己的力量，担当不起大刀阔斧的挥舞。我们只想老老实实，下一点播种耕耘功夫。即或是无力的一耙一犁，仅能叫瓦砾中开一朵野花，磐石下添一抹绿色，甚至是颓墙边抽几根荆荠，说明地下并不少蓬勃的生意，也就算是给读者付下了预约：它证明在另一地方另一时节，将生出荫荫的参天乔木。

这里期待着的是热心人的合作。不嫌弃它的贫瘠，我们渴望前辈的栽培；一方面，更愿以至上的诚意，欢迎一切新的友人——我们愿作为一片小小试验场，让他们撒下饱满的种子，走向成熟和收获。

敬爱的先生，请伸出您同情的手来！

1939 年 12 月 1 日

《世纪风》[①]复刊词

柯 灵

《世纪风》是在窒息中生长,终于又在窒息中死去的。睽隔六年,现在重新和读者相见,真不免有点悲喜交集之感。

这六年来,我们所看见的太多了。浩瀚的人类史中,

[①] 《世纪风》为《文汇报》副刊,创刊于1938年2月11日。1939年5月18日,随《文汇报》被迫停刊。抗日战争胜利后复刊。

似乎还没有这么重要的时代。历史在进展,不断地扬弃,不断地孕育。如果《世纪风》过去曾有些微贡献,因此今日还有它存在的理由,那么,让我谢谢曾经给予过《世纪风》大力支援的作家,以及一切关心爱护《世纪风》的读者。今后我们依然热切地期待着大家的帮助。我们没有什么文艺上的主张,只希望能在进步和向上的意义之下,切切实实,做点垦耘的工作,跟从前一样。

一个小小副刊的荣枯绝续原不算什么,可喜的是窒息人的时代已经过去,国家的命运在苏生,一切都在苏生了。我希望《世纪风》的复刊,至少能带给读者一点新生的喜悦,也有点亲切之感。

文艺的沃土是自由的空气,我们应该有理由祝颂《世纪风》的成长和健实。

1945 年 9 月 6 日

《浮世绘》①发刊词

柯 灵

　　《浮世绘》是日本的一种世相画,我们借来用作这副刊的招牌,却另有一种解释。浮生若梦,世事如烟,在凝重深沉以外,还有浮靡纤丽的一面,声光交织,如花雨缤纷,也自有一番庄严华妙之致。我们的希望就

---

① 《浮世会》是《文汇报》副刊,创刊于1946年12月1日。后来实际负责的编者是陈钦源、梅朵。

是能将这一面的形形色色，移向笔端，使读者欢喜赞叹，借作清娱。

《浮世绘》的内容，我们企求的是生动与广泛，宁可驳杂，力避单纯。艺术的赏鉴，影剧的评述，三教九流，诸家杂技，都是我们介绍的材料。此外如名胜游记，风土猎奇，都市风情的织绘，乃至小摆设，小趣味，无不可谈。文字以清新明快为主，但偶有硬性的大块文章，也无妨兼收并蓄。我们志在使读者于工作之后，烦劳之余，于此得一苏息调剂。文字游戏，则吾岂敢！

我们人手不多，见闻更其有限，于此开张之初，不能不向大家恳切祈求的，就是希望各方踊跃见助，赐以佳作。以文字自娱，兼以娱人，也不失为一种"众乐"之道，质诸高明，以为如何？

1946 年 12 月 1 日

人寿与刊龄

柯 灵

《朝花》①今天满了三千期。这个数字表明：它历经风霜雨雪，阅尽日月星辰，通过时间的长期检验，得到了读者的批准，可以算得是人间一瑞，值得举觞称庆了。

---

① 上海《解放日报》副刊。

人的寿命有双重性，一是生理年龄，一是精神年龄。"生年不满百，常怀千岁忧"，前一句指的是生理年龄，后一句恰好是诗人精神年龄的表征。人寿有时而尽，生命之树长青，因此古人有"三不朽"之说。人的双重年龄，往往互相参差，有的生理正当鼎盛，精神却已衰朽；有的正好相反。刊龄的寿夭，二者却大体一致，长寿的期刊，难能可贵，其故在此。

关于年龄，前些年有一种说法："九十不算老，八十多来兮，七十不稀奇，六十小弟弟。"这是对新社会的歌功颂德之词。全国解放以来，生存条件改善，促成人民寿命的普遍延长，是确切不移的事实。如果能像近几年一样，人民享有免于恐惧的自由，即排除运动成风，时时提心吊胆，唯恐动辄得咎，祸生不测的因素，百姓会更添福添寿，可以肯定无疑。年来又听到另一种关于年龄的顺口溜，说是"三十撒欢，四十接班，五十打蔫，六十收摊，七十冒烟"。这是干部年轻化带来的消极反映，词婉而讽，但也不可一笑置之，因为其中有丰富的历史内涵。——我们不是一贯强调

"深入生活"吗？没有生活原料就没有文艺创作，这是不容丝毫怀疑的，但如果不满足于车间走走，田头遛遛，而愿意锐意探索，身历甘苦的话，那么从这一点深入下去，就可以写出真正表现时代的大作品来。

人的价值，不取决于生理年龄的修促，而取决于精神年龄的强弱。"老朽滚蛋"，是"四人帮"制造混乱，用以夺权的混蛋口号，绝不能和干部年轻化的正确政策相混淆。而真正赋有生命的政策，既不能随意摆弄，更不能刻舟求剑，例如在人事领域和文化领域，就应该有所不同。贺知章长寿，李贺短命，他们的诗作却一样流传千古；托尔斯泰与歌德同享遐龄，墓木早拱，而杰作长存。凡属作家，可以不管他贵庚多少，只要他头脑僵化，灵感枯竭，就会自动退出舞台，归于自然淘汰，不用费力气赶他；他曾经起过影响的作品，却将依然存在，无法驱逐出境。反过来说，缪斯也并不特别垂青惨绿少年。作家的身份证，毕竟是作品，而不是什么显赫的名衔与权位。

出版物的兴衰，经常从正面或侧面表现出时代的动定，有心人也可以由此窥测一个国家文明的尺度。期刊永寿，无疑是好消息，好现象。我借此谨祝《朝花》常艳，青春永葆！

     1986年3月20日，赴京前夕急就章

现代文人与副刊

李 辉

寻觅流逝的踪迹

现代文人中,与报纸副刊没有任何关系的,大概可以说是绝无仅有,不是编者,就是作者。这里不说"作家",而用"文人",是因为从现代文坛来看,一些活跃于副刊之间的编者、作者,有许多并不是作家,而是学者、教授或翻译家等。

现代文学史有过许多种课题，可是似乎尚未有专章论述"文人与副刊的关系"这一课题。其实，缺少这样的论述，文学史只能是一轮残月。

这里可以轻易地举出当过副刊编辑的著名文人：宗白华、孙伏园、徐志摩、沈从文、梁实秋、黎烈文、郁达夫、胡也频、聂绀弩、夏衍、楼适夷、萧乾、柯灵、端木蕻良、冯亦代等。正是在他们手中，一个个重要副刊以其独特风貌而在现代文坛闪耀其光彩；正是在他们手中，一部部重要作品，从副刊上走入读者中间，从副刊上走进历史的荣耀。

同样可以轻易地举出一些名作为例：鲁迅的《阿Q正传》和许多杂文，郭沫若的诗集《女神》中的作品，巴金的《家》，老舍的《四世同堂》，以及冰心、徐志摩、周作人、梁实秋、闻一多等许多人的名作。

历史就是这样，总是留给后人许许多多的课题去寻觅，去研究。现代文人与副刊，该会有多少话题？该会给我们多少经验和教训？譬如：副刊在现代文坛的地位；现代副刊为什么能够形成风格多样的局面；编者的个性或兴趣与副刊的关系;副刊与培养作者;副刊的独立性和特殊性;副刊与读者……

现实从来不会与历史绝然隔开,探讨和研究现代文人和副刊的关系,我们会从那些流逝的痕迹中得到启迪。

兴趣·个性·风格

著名美学家宗白华,五四时期曾热心于新诗的创作。但他对于新诗贡献突出,常常被认为是他在任《时事新报》副刊《学灯》的编辑时,与远在日本留学的郭沫若产生对新诗的感情共鸣,从而激发了郭沫若的诗情,《女神》中的许多作品,就是在1919年9月到1920年4月宗白华主持《学灯》的几个月期间集中发表的。

这一佳话,也曾引起另一说法。香港一位文学史家在书中写道:因为宗白华喜欢新诗,所以发表了许多郭沫若的作品,相反,却对写小说的郁达夫冷淡。事实并非如此,因为郁达夫给《学灯》投稿时,宗先生已经离开上海去德国留学了。那一说法,只是一个"冤案"。

不过,这一"冤案"的发生,从另一方面说明了现代文人与副刊的一个特点,即现代副刊大多由一两个人做编辑。这样,编辑的兴趣和个性,往往决定了某一副刊的风格,由此以来,编辑的更换,常常也就意味着旧日风格即将变化,极少有例外。

有什么样的编辑,就会有什么样的副刊。喜欢新文学者,自然团结新诗、新小说作者;喜欢传统艺术者,自然把目光放在曲艺戏剧上;喜欢政治者,自然热心于现实生活或理论的介入……编辑高品位,副刊必然高品位,一个交际广泛而杰出的文人,他的副刊也必然多彩而杰出。

仍然以《学灯》为例。在宗白华去德国之后,接替他的李石岑远不如宗白华那样重视郭沫若的作品。这样,用郭沫若自己的话来说,"便把那种狂涛暴涨一样的写诗欲望冷下去了"。到1925年前后,同样是《学灯》,在李石岑手中,便成了以介绍政治思潮为主的副刊。巴金当年与郭沫若、阿英等人就马克思主义、托尔斯泰等问题展开过论争,其文章就发表于此时的《学灯》上。

20世纪30年代《大公报》的《小公园》副刊的变化,也是一个例证。在1935年萧乾接手编辑之前,《小公园》以介绍旧戏等为主,文章形式中也常见诗词之类。刚从燕京大学毕业的萧乾一到任,几天时间就将之改变为以新文学为主的副刊,与沈从文所编的《大公报》的《文学》副刊相差无几了。

编者的兴趣和个性,便是这样决定着副刊的风格。

难得知音

宗白华与郭沫若在新诗创作上,产生了难得的共鸣,从而激发了郭沫若的诗情,这实际上是作者求得知音的一个范例。一个副刊编辑就该如此,他应从来稿中、从文坛的种种动态中,捕捉适合于自己主张的对象,积极地成为某些作者的知音。萧乾曾说:看一个编辑是否成功应该看他发现了多少新作者。当然,已经成名的作家,也存在着遇到"知音编辑"的问题。

编辑成为作者的知音,扶植文学新人,这样的例子在现代文坛上可以说数不胜数。20世纪20年代初沈从文从湘西来到北京,在极其艰苦的环境中开始对文学的追求。到1925年,虽然经过郁达夫的介绍,沈从文开始在《晨报副刊》上发表一些作品,但仍然只是一个不知名的作者。1925年10月徐志摩接手编辑《晨报副刊》,在《我为什么来办我想怎么办》一文中,他第一次将沈从文这位无名作者,同声震文坛的胡适、闻一多、郁达夫等人一起列为他的约稿对象。徐志摩极为欣赏沈从文的文章中所表现出来的文学才能。为了让更多的读者认识沈从文的价值,除陆续发表他的作品外,在这一年11月,徐志摩还破例地将沈从文八个月前发表于《京报副刊》上的散文《市集》,重新刊登在《晨报副刊》上,并特地配上一篇《志摩的欣赏》,高度评价沈从文的才华,赞叹《市集》:"这是多么美丽生动的一幅乡村画。"他还说:"复载值得读者们再三读乃至四读、五读的作品,我想这也应比乱登的办法强些。"

从此以后，默默无闻的沈从文，成了徐志摩编辑的《晨报副刊》和后来的《新月》杂志的重要作者。一个来自湘西山区的文学青年，最终确定了他的生活道路。对能遇到徐志摩这样的知音，沈从文深为感激，终身未能忘怀。20世纪80年代回忆五十年前遇难的徐志摩时，沈从文仍然这样深切地说："觉得相熟不过五六年的志摩先生，对我工作的鼓励和赞赏产生的深刻作用，再无一个别的师友能够代替……"

最近在回忆自己当年在《大公报》的《文艺》副刊上发表作品时，严文井同样对萧乾这位编辑怀着深深的感激，他甚至这么说："完全可以这么说，没有萧乾，就没有今天的我。"实际也许正是如此。因为当年一个作者的作品能否在副刊上发表，常常会影响他对未来生活的选择。今天，有时也会如此。

再说难得知音

沈从文是一个杰出的小说家，但他也曾写过许多新诗，尚散于报刊上，未结集出版。在1935年前后沈从文编辑的《大公报》的《文学》副刊上，他以"上官碧"等笔名发表过几首诗。其中两首分别为《卞之琳浮雕》《何其芳浮雕》。在诗中，沈从文生动而富有诗意地描述出他对这两位年轻作家的印象。

他用这样优美的诗句，描述创作《画梦录》时的何其芳：

> 夕阳燃烧了半个天／天上有金云，红云，同紫云／"谁涂抹了这一片华丽颜色？谁有这个胆量，这种气魄？"／且低下头慢慢的想，慢慢的行／让夕阳将心子也镀上一层金／……／温习那一句荒唐的诗／面对湛然的碧流／黄昏黯淡了树林小山，悄悄的引来一片轻愁／微明中惊起水鸟一双／有谁问："是鸂鶒，鸳鸯？"／不用说，我知道／春水已经浸到堤岸丛莽了。

此时，卞之琳和何其芳均是刚刚在北方文坛崭露头角的年轻大学生,后来他们被视为"京派作家"中年轻的一代。沈从文诗咏他们,是一个已经在文坛奠定重要位置的作家对年轻人的赞赏,同时也是一个副刊编辑对年轻作者的扶植,如同当年徐志摩对他的扶植一样。

编辑成为作者的知音,在现代文人中形成了一个极好的传统,这一点,我们以沈从文为中介,上有徐志摩,下有萧乾,便可以有一个系统而突出的印象。

从徐志摩那里,沈从文获得的不仅是充分理解和全力支持,还有对做好编辑工作的认识。1933年接手编辑《大公报》的《文学》副刊之后,沈从文像徐志摩当年扶植自己一样,对许多年轻的文学青年倾注了全部热情。正是在这些作者之中,他热情地扶植了卞之琳、何其芳、萧乾等后来活跃文坛数十年的作家。在他的指导下,萧乾的处女作、短篇小说《蚕》发表于《文学》副刊上,从而成为萧乾文学生涯的起点。他还捐资帮助卞之琳出版诗集。他用各种方式将他所欣赏的作家介绍给读者。文学史家、评论家论述到"京派文人"的年轻一代时,是不会忽视沈从文培养他们的重要作用的。

从沈从文那里，萧乾也继承了副刊编辑的好传统。在 1935 年夏天成为《大公报》的副刊编辑之后，他也尽其所能发现和扶植了一批年轻作家，其中一些至今仍活跃于文坛，如严文井、刘白羽等。

能够遇到编辑知音，是作者的幸运；能够成为作者的知音，也会是编辑的快乐。

不妨读读《废邮存底》

我喜欢读报刊上的编辑致辞。在我看来，这些致辞，是编辑和读者之间的桥梁，维系着双方的感情。同时，读者也可以随时了解编者的意图、计划。譬如，每次拿到《读书》，我首先翻阅的便是它后面的"编辑室日志"，在那些别致的日志中，编辑的情感和心迹袒露在读者面前。

一些著名的现代副刊注意选择编辑，注意发挥编辑的兴趣和个性，其主要目的正是以此来吸引更广泛的读者。

我们应该看到，现代副刊兴旺的时期，即是新文学日益蓬勃的时代，各报纸注意起用新文人来做编辑，就是顺应了历史的潮流，满足了读者对新文学的要求。在这里，读者仍然是第一位的。一个副刊不可能毫不考虑它的读者的需求，如果只注重编辑一己的兴趣，沉浸于编辑独自的满足之中，那样，必然与名存实亡相距不远了。

我喜欢读沈从文与萧乾的一些作品。但从编辑的角度，我所偏爱的是一本他俩的合集。这本由巴金的文化生活出版社30年代出版的《废邮存底》，汇集了沈从文、萧乾在编辑《大公报》的《文学》副刊期间，先后发表的回答读者各种问题的致辞。这些回答读者的文章，在长达数年的时间里，发表在《废邮存底》专栏中。他们以富有文采和独到见解的文字，孜孜不倦地回答读者来信提出的问题，或者分析来稿中表现出来的问题。这些编者的信，所呈现的不仅仅是文学家的艺术主张，也是编辑对读者的一片热诚。

从他们的文章和编辑特色中，我感受到，经常发表答读者的文章,不仅是联系编辑与读者的一个方式,最重要的是编辑心中永远装着读者,唯此方能真正想出各种方式沟通彼此。

贵在两相知

也许,不应将"知音"只限于编辑对作者的理解和支持。对于作者,与编者在心灵上、思想上、意趣上有所沟通,同样是必不可少的。

一个优秀的编辑,当他的身边会聚起一批杰出作者时,也就是他用他的精神、他的见解,赢得了充分的支持。鲁迅很理解当编辑的苦衷,他说过这样的话:"做编辑一定是受气的,但为'赌气'计,且为于读者有所贡献计,只得忍受。"这是他在1933年7月14日写给黎烈文的信中说的。这段时期,正是《时事新报》副刊《自由谈》最为辉煌的日子。鲁迅是作为一个作者,向编辑说出这番感触的,其中,自然体现出他对黎烈文编辑《自由谈》的理解。

在黎烈文 1932 年年底接手编辑《自由谈》之后的一年多时间里，鲁迅这段时期创作的大量杂文，主要发表于这里。以他为核心，一大批进步文人，纷纷出现于这块阵地上，其作品主要形式为杂文。所以，人们后来提起这段时期的《自由谈》，称之为杂文的"黄金时代"。

但是，鲁迅深知在那种环境中，一个编者将那么多思想深刻、锋芒犀利的杂文经营出来，总会遇到来自各个方面的种种压力，其中也可能包括作者的误会甚或指责。鲁迅极为理解黎烈文的处境，常常细致入微地体察他的难处。在黎烈文遇到诬陷攻击时，他曾颇为关切地安慰说："能修炼到不生气，则为编辑不觉其苦矣。不可不炼也。"在投稿时，他也尽量考虑编辑处理稿件的自由度。翻阅鲁迅这段时间给黎烈文的信，我为鲁迅的话而感动。

"今姑且寄奉，可用与否，一听酌定，希万勿客气也""可用与否，仍希裁定"这些话或许带有文人间的客套语气，但下面这封信则充分体现出他对编辑的相知：

……《自由谈》已于昨今两日,各寄一篇,谅已先此而到。有人中伤,本亦意中事,但近来作文,避忌已甚,有时如骨鲠在喉,不得不吐,遂亦不免为人所憎。后当更加婉约其辞,唯文章势必至流于荏弱,而干犯豪贵,虑亦仍所不免。希先生择可登者登之,如有被人扣留,则易以他稿,而将原稿见还,仆倘有言谈,仍当写寄,决不以偶一不登而放笔也。

搅活一池春水

"青年爱读书""青年必读书",1925年,这两个问题,在《京报副刊》上诱发了文人们热烈的讨论,从而也引出本文的话题:副刊不应是一潭死水。因而,现代著名编辑常常在副刊上开展讨论,借一个有意义题目,吸引作者,吸引读者。在他们手中,副刊是一池春水,活泼而流畅。

当时编辑《京报副刊》的是孙伏园。当他登出关于青年读书问题的征文启事时,想必预想过,这种讨论会使他的副刊一时间成为人们关注的焦点。事实确实如此。围绕他所列出的这两个提问,北京的许多著名文人,都就此坦率地表明自己的态度。每个人的见解自然不尽相同,各自列出的书目也大相径庭,但唯其有所分歧,才能形成众说纷纭的局面。没有一致的结论,没有雷同的观点,这正是讨论应该具有的本意。

和孙伏园一样,萧乾在编辑《大公报》副刊期间,也曾开展过多次讨论,有时甚至某一个问题,会引起一场全国性的文坛讨论,许多报刊一起参加讨论。(这个现象,得在另一则"漫话"中专门谈及)1936年,请各方人士讨论书评,是萧乾组织的一次成功讨论。他根据文章作者的不同身份,分为"作家谈书评""书评家谈书评""读者谈书评"三组文章。除选登部分读者来稿以外,还有一批著名文人,积极来稿,各抒己见。我们可以随意地列举出这样一些名字:朱光潜、沈从文、巴金、叶圣陶、张天翼、施蛰存等。他们的文章,不仅给当时的副刊带来活泼和色彩,也为今日的书评理论留下难得的见解。

在"青年必读书"的讨论中,鲁迅有一篇著名应答,在北京文化界几乎可说是引起一次震动。在这次应答中,鲁迅坦称他对传统文化的愤激,大声疾呼:"我以为要少——或者竟不——看中国书,多看外国书。"因为他认为,"我看中国书时,总觉得就沉静下去,与实人生离开;读外国书——但除了印度——时,往往就与人生接触,想做点事"。他的这一回答,随即引起争论,孙伏园便刊发不同见解的读者来信。这样,一个关于读书的讨论,就愈发热闹起来。鲁迅也针对性地连续发表文章,补充阐明他的思想。

编辑最后并没有就此做出结论,但是,活泼的思想交流,本身不就是无形的结论?

这才是富有活力的讨论。时常有这样的讨论的副刊,才会犹如一池春水。

沙龙的魅力

研究现代英国的文学,都知道伦敦的布卢姆斯伯里。在20世纪的头三十年间,这里的贝尔女士的家,成为当时伦敦一批著名文化人士的沙龙。出入这里的有作家、诗人、经济学家、哲学家、艺术家,其中最为著名的有福斯特、罗素、凯恩斯、斯特雷奇、爱略特、赫胥黎等。他们闪耀出的人类智慧的光辉,使得布卢姆斯伯里的沙龙格外诱人。

中国现代文坛两个与副刊有直接联系的"沙龙",有其独有的魅力。一个是20年代闻一多家中的沙龙,一个是30年代朱光潜家中的沙龙。

徐志摩回忆自己当年在《晨报》编辑《诗刊》的生活时,曾以生动的笔调,描述过当时在闻一多家中,一批诗人会聚一堂讨论诗歌的情景。徐志摩、朱湘、饶孟侃、刘梦苇等后来的新月派代表诗人,是这个沙龙的客人,同时,他们又都是徐志摩所编辑的副刊的作者。

沈从文编辑《大公报》副刊时,朱光潜和梁宗岱在北京的住宅,是京派文人的一个主要沙龙。出入这里的有朱自清、周作人、废名、林徽因、梁思成、沈从文,以及年轻的萧乾、卞之琳、何其芳、林庚等。他们在这里以谈诗为主，兴致高涨时，还会以朗读诗来作为交流和探讨。对于当编辑的沈从文来说，这实际上便是一个极好的组织稿件的机会。所以，在他所编辑的副刊上，我们能随时看到上述人的作品。

萧乾接替沈从文编辑《大公报》副刊后，这样的沙龙已不存在。但他每次从天津到北京后，仍会将一批作者请到中山公园的来今雨轩，征求意见和讨论未来计划，这实际上可视为另一种形式的"沙龙"。

争鸣之风

争鸣从广义上讲，当然属于讨论。不过在我看来，通常所说的讨论（包括前一篇漫话所谈到的讨论），一般是各抒己见，各种观点相互之间不直接发生交锋。而争鸣，则是有明确的论敌，在反驳或批评的过程中，阐明各自的观点。我们浏览现代文坛，作家间的争鸣常常多于讨论，特别是个人间的就政治、文学、翻译等大大小小问题的争鸣，更是举不胜举。同刊物一样，报纸副刊是展开文人争鸣的主要阵地。

可以举出一些著名的争鸣例子：1925年，围绕北京女师大事件，鲁迅在《京报副刊》等报章上和《现代评论》的陈西滢等展开论争；30年代因沈从文在《大公报》副刊的文章，引起了南北两地报刊关于"京派与海派"的论争；30年代因沈从文在《大公报》副刊的文章，引起关于"反差不多"的论争；抗战初期，因梁实秋在《中央日报》副刊上的文章，引起关于"抗战无关"的论争……后三个论争，吸引了许多副刊和绝大多数文人参加，是现代文坛具有很大影响的大讨论。研究这些论争和这些副刊，是绝对不能忽略的。现代副刊，之所以能让我们今天仍然不时地提及它们，除它们发表过许多重要作品、培养过许多作家之外，有声有色地开展争论，便是另一个原因。

当我们大致浏览一下那些目不暇接的论争时（且将争鸣的内容放置一旁，仅从形式而言），可以看出一个很重要的特点，即在许多争鸣中，介入其中的副刊和作者，一般来说是处在相互平等的地位，尽管各自的观点大相径庭，尽管各自的成见很深，尽管各自的语言锋芒犀利，但不会借助于争论之外的方式来做最后的判定。有的个人之间的争论，虽然在副刊上激烈，但并不会因此而影响私下的友谊。

沈从文写文章引起"京派海派之争"，但他同被认为是"海派"的一些作家，如施蛰存等保持着友谊。巴金与朱光潜就《蒙娜丽莎》是否为水粉画展开争论，但不影响他们同是沈从文的朋友。李健吾评论巴金的"爱情三部曲"，巴金为自己辩护并反驳，他们私下却是极好的朋友。之所以能够如此，就在于争论需要的是实事求是，需要的是公正合理，而不是别的什么。

1992 年 7 月

比主编还牛的副刊编辑们

绿 茶

"副刊"就像它的名字一样,在一份报纸中处于附属的位置,但古往今来,谁都不会否认副刊对一份报纸的重要性,随着历史的更迭,再回顾报刊史时,副刊总是最多地被人提及。

中国近代报刊史上,副刊的重要性尤其突出,它是那一代知识分子的阵地,是新文化运动的重要战场,是中国近代文学发展的温床和重要传播通道,可以说,没有副刊，中国近代文学不可能如此繁茂，五四知识分子也不可能如此风光。

作为报纸的副刊编辑，看到这本《报纸副刊与中国知识分子的现代转型》就下意识地拿起来读。关于五四知识分子题材的书，向来是我的阅读偏好，而以副刊为例，探讨中国知识分子的转型显然是很吸引我的切入点之一。

《晨报副刊》是20世纪20年代"四大副刊"之一，其他三大副刊分别为《京报副刊》、《民国日报》副刊《觉悟》和《时事新报》副刊《学灯》。该书以《晨报副刊》为例，通过对《晨报副刊》三任主编李大钊、孙伏园和徐志摩的不同办报风格，来分析不同时期，副刊对知识分子的影响和在转型中发挥的作用。我将其归纳为：李大钊时期以启蒙为主向，偏思想性；孙伏园时期到达顶峰，以趣味性主打；徐志摩时期个性突出，倡导自由。

《晨报》创办于1916年，原名《晨钟报》，创办人为汤化龙、梁启超。1918年启用《晨报》为名。当时的《晨报》以时事评论为主，倡导言论自由，副刊所占比重很小，以刊发小说为主。

1919年，李大钊入主《晨报副刊》，对其进行了大刀阔斧的改版，引入一大批知识分子，新文化启蒙成了李大钊"主政"的核心内容，新思想、新知识、新修养是李大钊的办刊宗旨。李大钊团结了大批知识分子，再通过他们的专业知识，普及和推广新思想、新知识，开办了很多切合当下的专栏和专版，一时间，《晨报副刊》成了当时知识分子的重要思想阵地。

这一时期文艺比重不大，主要偏思想性。经过李大钊的改版，地位和影响力大大增强，有开创之功，又为以后的办刊思想和风格奠定了很好的基础，可以说，《晨报副刊》的成功，李大钊应该记头功。孙伏园的影响力没有李大钊和徐志摩大，但他"主政"时的《晨报副刊》却是发展最快的。孙伏园有卓越的编辑才能，能坚固地团结文化界的力量，尤其是他得到了鲁迅和周作人的背后支持。孙伏园的办刊思路就是要趣味决定一切。

在李大钊"主政"的后期，很多人认为副刊学理性太浓，不利于副刊扩大影响力，孙伏园接手后，在学理和趣味间选了后者，正是这个选择，让他将《晨报副刊》推向鼎盛。趣味是副刊文艺化的源泉，这一时期，《晨报副刊》渐渐向文艺阵营偏移，一大批作家成了这一时期的主力作者，如鲁迅、周作人、冰心等。

为了突出副刊的趣味性，孙伏园开办了《开心话》等栏目，比如鲁迅的《阿Q正传》最先就是在这里连载而形成影响的。可以说，孙伏园的办刊思路就是在细微处见精神。孙伏园无愧为大牌编辑，他"主政"的四年时间里，可以说代表了20世纪30年代中国报纸副刊的最高水平。直到1924年，因为鲁迅的一首打油诗《我的失恋》一稿被代总编辑撤掉，孙伏园愤然辞职。

恰在此时，徐志摩留学归国，在新文艺阵营中表现出超强的能力和独特的气质，于是《晨报》负责人力邀徐志摩主掌副刊。徐志摩受英国自由主义影响颇深，他上任伊始，就旗帜鲜明地说："我办什么报，无论是副刊或是什么，要保持的第一是思想的尊严和它的独立性，这是不能让步的。"的确，徐志摩就是这么贯彻他的独立风格的,而且,将这一办报风格发挥得淋漓尽致。

这位文化界的通人,具有极佳的人缘,他的独立精神也得到很多同人的认可,于是乎,一出由徐志摩主导的"独立副刊"让文化界为之兴奋。和多数甘为他人做嫁衣的编辑不同,徐志摩往往直接跳到前台,与各种思想进行正面的交锋,从不掩饰自己的个人色彩,声明要把副刊作为自己的"喇叭",这样一位特立独行的"主儿",显然会给原来应该平静、温和的副刊带来麻烦和喧嚣。

徐志摩自然知道,但依然坚持自己的自由主义办报风格。在那场著名的"女师大事件"中,以鲁迅为代表的一方和以陈西滢为代表的一方展开了激烈的论争,阵地就是徐志摩"主政"的《晨报副刊》。在这样的情形下,徐志摩不但不平息战火,反而加入了论争,这就引起了鲁迅的极大不满,于是,论争进一步升级,直到无法收拾。最终胡适苦口婆心地出来劝架,才算完结。

徐志摩的独断专行虽然让《晨报副刊》在言论阵地上大出风头,但也给自己惹来不少麻烦。一年后,他终于离开了主编位置。在三任主编的更迭中，一场发生在《晨报副刊》的知识分子转型自然形成，每个阶段都有自己鲜明的特色，也代表了当时思想界的多股潮流。从传统到现代，从思想、趣味到自由，知识分子都扮演着先锋的角色。知识分子的现代转型是一个很大的话题，作者从一个很小的角度（以《晨报副刊》为例）无疑是很聪明的做法。

这本书的略微缺点就是论文味稍浓，尤其是前两个章节略显枯燥，后面几个探讨人与副刊的章节其实是很有可读性的，在三任主编外，还探讨了周氏兄弟与《晨报副刊》，冰心、沈从文与《晨报副刊》等。《晨报副刊》的办报思路放在今天也许不太合适，但突出思想性、讲究趣味性、彰显个性等风格显然是适用于今天副刊的办刊思路的，对于报纸副刊编辑而言，这类书显然具有很高的参考价值。

中国的副刊编辑也应该考虑一下现代转型，思考如何在现有的舆论环境下，办出有自己特色的副刊。我已经不做副刊编辑很多年，这些年，纸媒的生存问题越来越是个问题,副刊更是纸媒首先牺牲掉的版面,能想象得到,未来不远,就没有副刊编辑这个岗位了,或许我们只能从曾经的副刊中寻找那片编辑阵地和思想乐园。

我和《立报》的《小茶馆》

萨空了

精编和突出重点相结合的办小报方法,在当时也不是没有争议的。茅盾曾针对这个问题在《言林》上发表过两篇简短的评论,我以为是很有见地的。他写道:"有些人以为小型报纸就是普通报纸(大报)的摘要……如果满足这类读者的希望,小型报纸的编辑部就得是一部压榨机,尽量把每天发生于世界的值得登载的新闻都紧缩成目录似的短条子。这也未始不好,但可惜太像了'目录',就不大像'新闻'了。又有些人以为小型报纸应该是大报的精华。他们所要的是不多几句然而精辟扼要的记载……如果满足这一类人的希望,则小型报纸的编辑部就要是一部提炼机了。我是赞成后一说的。但我以为小型报纸还应当注意地方性。当地的重要新闻要有锐利的眼光去抉择,要批判地记载出来。"

我们正是采取了这种有短有长、有简有繁的办法,才省出了版面办了三个副刊。三个副刊各有特点,面向不同读者。《言林》是文艺副刊;《花果山》侧重于讲故事;《小茶馆》侧重于介绍有益的知识,同时也是读者的园地。

我接办《小茶馆》后,这个副刊共辟有以下几个专栏:《血与汗》是介绍各行业工人生活情况的,如纺织工人、印刷工人、建筑工人等,以及各种小摊贩——理发匠、卖糖人的、卖粢饭的、卖烘山芋的、馄饨挑、汤团挑等,目的是让读者了解劳动人民生活的沉重;《新知识》是既介绍社会科学知识,又介绍自然科学知识,如什么叫"领事裁判权""伪组织""月球",以及"猩红热"是怎么回事等；《街头科学》则介绍生活常识，如使用火柴、自来水须知等；《点心》主要是针对社会政治生活问题发表的杂感。后来由于《小茶馆》接近群众生活，收到不少读者来信，就渐渐增加来信专栏，《点心》也变为针对来信提出的问题谈感想或建议的小评论了。

1936年下半年，公共租界当局无视中国领土主权，任意扩大租界地范围，超越租界线在中国地界内修筑了一条公路（当时称为"越界筑路"），从而把公路两侧的地面也据为租界地。《小茶馆》副刊针对这个问题几次刊登读者来信，我以"了了"的笔名在《点心》专栏里发表了好几篇文章。如：7月15日《小茶馆》发表了读者思祖给了了先生的信，标题为"报告两起发生在越界筑路地带的事"。信中说，在越界筑路地带，不许中国人购买、悬挂中国国旗，不许中国户籍警察钉户籍牌。这位读者气愤地问："我住的是中国地界，×国人（指日本人）凭什么干涉中国人的事？"针对这封信，我发表了题为"谈据理力争"的文章。文中说道："在这华洋杂处的地方，中国人因袭着庚子以来怕外国人的心理，损失主权的机会就会很多……比如说在越界筑路的弄堂中，主权当然应归我们，我们当然可以实行我们的权利，有人干涉，我们就应当问问他根据什么理由。……现在有许多人做官，常有以献媚外人为能事……中国主权之失也就为此了。我希望全上海的市民都能起来监督我们的官吏，养成他们据理力争的习惯。"

9月10日《小茶馆》刊出了读者奚志明的来信说，他是一个做小生意的，把担子歇在越界筑路的阶沿上，忽然从租界地来了外国和中国的巡警，把他卖的苹果和钱全部充公了。奚志明说，我以为（租界）捕房越界捕人，有意侵犯我国主权，我们就不应该忽视。我希望市府在越界筑路的地段，多派岗位，注意（租界）捕房越界捕人。针对这封来信，在《点心》专栏发表了我写的《苟安足以亡国》一文。文中说："……这两件事叫我十二万分感到国人苟安毛病的可虑。……以上海的越界筑路说，这就可以说是外人认识了华人苟安毛病而发生的。他们知道要明白地要求扩张租界，中国人一定不答应，虽然用一种力量也可以叫中国人答应，但是那代价总是花得太大，所以不如就不作声地先筑好了路，再将巡捕管辖区也扩张到那新筑路地带。中国人要抗议，路已成为既成事实，不见得中国人就敢去将那路拆毁。如果中国人为了求苟安而默认，那么他们就再进一步来进攻。像这小贩被非法逮捕，就是中国当局过去一味迁就的结果，这样迁就下去中国的主权自然只会一天比一天损失。"

我们一方面发表读者亲身感受到的受外国人欺侮掠夺的事实，一方面发表小言论，指出这是由于国民党政府屈从外国人，苟且偷安致使国人受辱。这就激起了广大读者的爱国心，许多读者纷纷来信，表示要把中华民族的兴亡担负在肩。

《小茶馆》还关心读者的切身利益，维护社会道德。1936年9月15日，曾发表了一篇题目为《一个女人求救》的来信。这是一个被遗弃的女子求援的呼声。同时在《点心》栏里发表了《女子只应求自求》的评论。信发表后，不少仗义勇为的人向她伸出了援助的手。有人写信来说，愿意帮忙，让我转达；有人直接到报馆来找我说，愿为她尽力。为这件事，我转信、复信，整整忙了两个半天，终于帮助她解决了生活问题，并且为她今后的生活指明了出路。

同年的7月27日，《小茶馆》发表了一封署名江鸟的来信，题目是《怎样解决"贫病"——介绍一幕惨剧》。作者在信中谈道，有一天他到医院看病，看见一个二十多岁的青年背着一位五十多岁骨瘦如柴的男人看病。一打听，才知道他们父子都是拉车的，父亲病重才到这慈善性质的医院来看病，但是这儿看病的人很多，想提前看，就得花两元的"拨号"费。他们哪有这些钱呢？现在已经借了"印子钱"（高利贷），家里还有祖母、弟妹等八口人要吃饭。作者叹息地说，如何能解救穷人呢？

《点心》就此信发表了一篇《穷人生病问题》。文中说道：

> 我们不能再坐视许多穷人有了病不能医治而死

的这种现象。……我主张所有的市民应一致起来要求征税的政府设立纯为救济贫民的完善的医院，一个钱不收，尽量为穷人看病。此外，更应请工作者联合向雇佣他们的当局要求至少要有一个医药顾问，使他们的生命有保障。如病人实在需要休息，雇佣机关应照付薪金，并给工作者以假期。为了民众的幸福，大家是应该这样努力一下的啊！

为适应群众的需要，《小茶馆》渐渐成为既反映群众意愿、群众苦难，揭示社会黑暗，又指出群众受苦的原因、解决的办法，向群众进行教育的副刊，成为交流读者和编者思想感情的副刊了。在这个副刊里，我们刊登读者来信，谈我们对各种问题的看法，动员、组织社会力量，使群众自己起来互助互励，共同解决困难。也就是在这个时候，群众的处境和呼声使我感到，为了更好地为群众服务，《立报》应有自己的法律顾问和医药顾问，要有有权威的人士在必要的时候能坚持《立报》的立场，为群众说话。于是，我们聘请了李文杰律师为《立报》的义务法律顾问,还聘请了几位医生为义务医药顾问。他们后来为《立报》的读者做了不少工作。

(摘自《新闻研究资料》总26辑《我与〈立报〉》一文)

北京之文艺刊物及作者

沈从文

北京出版物之多且杂,在全国恐亦当首屈一指。即以文艺刊物论,近数年来,略一计之,亦不下五十种。兹单就我所知而较足为此新兴时代代表者数种来说,先列其名称,对于各作家之艺术观及作风,更于后分别略一言之。

附于每日新闻发行,现今尚能按所定之日期继续出版的有三种:

《晨报副刊》

《京报副刊》

《国民新报副刊》

附于每日新闻发行,但近因事故已不能继续出版的有两种:

《民国日报副刊》

《民报副刊》

此外,虽附于每日新闻发行(但性质为周旬刊),今亦已不能继续下去的还有六种:

《文学旬刊》

《艺林旬刊》

(以上是《晨报副刊》的)

《文学周刊》

《妇女周刊》

《民众文艺》

《莽原》

(以上是《京报副刊》的)

独立发行之纯文艺日刊,北京地方,还不一见。至

于独立发行之周刊,现尚继续出版的有两种:

《语丝》

《沉钟》

独立发行之周刊,虽非纯属文艺刊物,但其性质亦时偏于文艺或间及文艺者的有三种:

《现代评论》

《猛进》

《燕大周刊》

周旬或半月,或一季,或不定期,纯文艺或间及文艺刊物,近已不能出版的有四种:

《诗学半月刊》

《爝火》

《清华文艺季(旬)刊》

《平大文学周刊》

不定期刊物还可希望其继续出版的有一种:

《狂飙》

拟出版讫未见出得成版的有一种:

《骆驼》

此外，如研究国故之北大《国学门周刊》，为新文化运动反动极卖力气之《甲寅周刊》，此两种前者收录了许多美丽的民歌，后者于这种可怜亦复可笑的浅薄文艺园土里也生了点影响，故于篇末，一便论之。今且依我所排的秩序说说各刊物之内容——

《晨报副刊》

我先把《晨报副刊》提出的缘故，是因为它在北京提倡新文艺的刊物中算是一个较老的刊物。它的性质虽不是专门来登载文艺作品的（实在说来，还是一个讨论学术思想的东西），但我们若论及此间数年来对文艺上有所贡献的刊物时，无论如何，我看忘却不了它。

它近来已出至一千四百多号了。平时不能另卖，每日附到《晨报》的正张发行，到月终，则另订成一个本子，价洋三角，每月据说除正张附发之万份上下外，还可销去成册一千份左右。

编辑它的人先是孙伏园，去年改了丘景尼，不久，复为其正张编辑刘勉己代编，近则由徐志摩负责。

孙编辑时，式样为书册形，分四个单页，每页又分三格，一期约六千字的样子。是时就附了一个《文学旬刊》，遇到出《文学旬刊》的日子，则是日无副刊。文旬撰稿人以文学研究会北京方面的会员为多，文旬编辑人是王统照。

丘一仍其旧。

至刘勉己时，新加了一个《艺林旬刊》，又加了一个《新少年旬刊》。连同前有之文旬，已三种了。各旬刊出版日均无副刊，故实际上每月只有二十一期副刊。式样从此也起了变动，由四单页改为八单页，版虽较小而页数加多，故字数也比之从前多了一点。

最近副刊改由徐志摩主持后，式样又改成了横幅，如上海昔日之《学灯》式，省得再要读者拦腰一裁的手续，真给了读者许多方便。

各旬刊已一律停止了，然为稿件故，副刊的出版，近反一减而为间日刊了。计每星期只四日（系一、三、四、六等日）所剩余之三日，则让另外有人负责编辑之国际、社会、家庭三种周刊,依次出版。

作者,在孙负责时,作家可就多了。是时北京城出版物也极少,除《晨报副刊》外就仅一《新潮》,然《新潮》又是一种月刊,且不偏重文艺,故近来较成熟的几个作家,其初期尝试作品,莫不系《晨报副刊》发表者。即如鲁迅先生《呐喊》中的一部分文章,周作人先生几年来所集之散文,冰心女士之诗,川岛君之《月夜》,孙伏熙君之《山野掇拾》,此皆先载诸《晨报副刊》而得到很好批评近始另印成单本的。此外还有许多小东西因文章在《晨报副刊》上才为世人认识。

孙辞去后,丘来继续,作者也因之变更了。以前的几个作者都随孙到他新接手的《京报副刊》上去做文章了,因此《晨报副刊》上,始渐见几个新进的陌生的人名。《晨报副刊》为对抗《京报副刊》起见,乃有创造社郁达夫、郭沫若以及几个小东小西的文章出现。新的作者中,常见到的,又以黎锦明、休芸芸、许君远、焦菊隐、于成泽、蹇先艾、默深、天心等为最熟。

刘来无所异,只不过把几个从前较陌生的作者人名使读者已不感到陌生罢了。

于此又可见《晨报副刊》于时稿件的空乏。

加以《京报副刊》新起，《京报副刊》之外又产生个《语丝》，《晨报副刊》的地位，在北京刊物中，因此似乎抑下了一点。

副刊的地位抑下，无好稿件自然是一个很落实的原因，但从另一方面说，也可以说是近来读者们对于文学的欣赏力比之两年前进了一步。

志摩一来，空气似乎就变了。他原是乘了一股雄心，想把副刊振刷一下的，头一次开场白就说是"先逼死了别的不三不四的副刊，再来掐死自己的副刊"。且先不先就列了一大串此后副刊撰稿人的大名。但是，不久，他的自信心似乎就完全没有了，别的副刊不消说他是不会逼得死的，自己的副刊呢，两个月来，除他自己时常写一点流水账似的文章外，就只是以前宣言上那几个列到最后的新作者写一点通常创作诗歌。

从副刊上我们除式样成横幅外，一点儿看不出什么不同之处来。

《京报副刊》

《京报副刊》产生,本来也有了两年左右的生命了,但在孙伏园办理以前,却不另印什么单张。也时常登些小说诗歌,却芜杂不清地放在正张第四版上。那时就附了一个《劳动文艺》,但也值不得寓目。

孙从《晨报副刊》脱离了出来,就给《京报》老板邵飘萍请过去了。

因此《京报副刊》才变了一个新式样。

照《晨报副刊》办法,成了单张,每日就附到正张发行,先不另卖,到月终则另订成册,价亦三角。

《京报》同时还附加了一种周刊,每天总有一种或两种周刊随向原有之正副张发行。月终欲购买此种特别附刊时,亦能够向《京报》营业部接洽。

这样一来,《京报》在北京的销行数便骤增了。由两千份上下之报纸一跃而至七千份以上,其实就是新副刊使然。单是成册之《京报副刊》,据说每月亦可售至两千份以上，唯近来似乎亦不能比其他同样刊物更为精彩。

作者，最为人所注意的，自然还是鲁迅兄弟俩。不过他们自己同时又办了一个《语丝》，因此虽然也做了些短杂文，但较有永久性的一点文字，却总在自己的《语丝》上去发表了。此外呢，还是他从《晨报副刊》带过去那一彪人马。

大概是编辑先生的一种趣味吧，几个浅薄不过的女人作品就时时上到副刊之一角了。要说是编辑者之眼光呢，怕也不像，总会还有种别人不大容易清楚的原因吧。

在它（副刊）上面，我们得到一种同样的感觉，就是觉得《小说月报》上每期的几个熟姓名这里样样都有，当然不能说是外面进来的客座编辑先生所取的手段是拒绝，但倘若是熟人，稿子总比较容易上副刊一点。（这在任何刊物上都是一样，其实这也给编辑者带来了许多困难）

新的作者中许钦文同编辑的老弟孙伏熙（春台）要算是与读者顶熟的人了。创作方面还有个尚钺，还有个陈学昭，努力下去，看来是比文学研究会那一群老不长进的怪物有一点希望的。

新《京报副刊》的寿命，到如今已是满过了一周岁的小孩了，其另外附带发行之十种附刊，除前所举之四种有文艺性质周刊外，还有极力提倡脸谱戏主张红花脸杀进黑花脸杀出之《戏剧周刊》，编者为民大教授徐凌霄。还有努力于国音希望促行注音字母讨论改善方块字的《国语周刊》，编者为国语研究会，负责编辑人是钱玄同。还有送儿童们看的《儿童周刊》，编辑者是师范大学的汪馥琴。还有《经济半月刊》，北大经济学会编。还有《图画周刊》，本报社制版部编。还有《科学与宗教》（未详编者），共计六种。《图画周刊》已停止。另外几种周刊，不幸在《京报副刊》刚满一周年时，也都一律死去了。死去的原因是为《京报》新的经济预算所限制。此十种附刊近来能独立自行出版的只有《国语周刊》一种，此外《文学周刊》同《莽原》虽曾说预备于今春单独出版，但迄今尚不见独立后的第一次刊物。

关于《文学周刊》等四种附刊之内容，另篇当详论之。兹将最新才出版之《国民新报副刊》谈谈。

《国民新报副刊》

这刊物出版仅月余，由鲁迅编辑。每逢一礼拜中之双日，我们可以见到这小小刊物。（其单日附到《国民新报》出版的是另一种多谈国家社会的刊物，由陈承修编辑）它的形式极小，仅及《京报副刊》之一半。

但从这一半中我们已可以见到如《京报副刊》大小的刊物上全刊物足以寓目的材料了。

在这小刊物上，我们可以看到一点比较上有向前进取那新的另一个未曾发掘过的地方的希望来。

作者还是从前《民报副刊》那几位，也就是以前的莽原社那几位，如黄鹏基、高长虹、向培良、尚钺、韦丛芜、韦素园、朱大枬等。

他们的态度是攻击一切在普通社会中已认为成文章了的文章，但他们攻击的对象，几多地方是在人——不是真的那个人的文字。在这点上，我以为他们纵所攻击的是很对，但攻击的目标已不正当了。且不必攻击的文字也加以一番轻蔑，有时反而使这个人的文字因之而特别显现于读者前。要说是他们把自己看得极高，从这些上面又不能给我们一点相信的证据。他们自己的文字，其实也不怎样有力。他们所写的文字多数是半象征的。不过，处到这种萎靡不振的文艺园中，他们能大胆无畏地朝一个陌生的不为人走踏过的道路上走去，一面又还能回过头来骂骂保守现状的阶级，精神总是很可佩服的了。

这刊物未闻另卖，月终也不见合订本，只有订《国民新报》的可以见到。其销量大致总在五千份（或三千以下也不可知，因《国民新报》是国民党之机关报）。

《民国日报副刊》

此副刊一切与其他副刊同，附于《民国日报》正张发行，不过它不是单张，却占了正张一面，与《时事新报》之《学灯》同。

可惜一个礼拜就随同它的因事被封的正张消灭了，上面我们只看到一篇鲁迅的创作。

编辑人为罗敦伟。

《民报副刊》

《民报》乃继前报而起者。

正张分英文、中文两部，规模极大，副张因之也印刷得极其精美。

副张随同正张发行，篇幅约八千字，编辑者韦丛芜。

作家就是后来《莽原》上做文章的那几个人。这报纸继《民国日报》而起，并且命运也是一样；正张因登载了一个不应载的新闻，官厅把正张的编辑抓去坐了牢，副刊也就为正张拖下水溺死了。

《文学旬刊》

看名字就可以了然了。这刊物比之别的副刊，自然更注意于文学。关于文学的研究、批评、翻译、创作小说、诗歌、戏剧，的确每期一样总有一点。人物呢，文学研究会北京会员的全体，加上会员以外的不少作家。

照此说来，大致这东西总还过得去了！

《文学旬刊》在此间文艺上的贡献，我们是应得对它表示相当钦敬的。不过所谓作家们，到了今日，给我们的失望，是同北京大多数作家所给我们爱好真美善的艺术的人的失望一样多。它因《晨报副刊》最近改组才收束了，也是说不久将自行独立出版的，但到今日为止，我们还没听到出版的日期。

作者中顶能干、每期都有文字的是编辑旬刊的王统照。他的诗是有名了的富有哲学意味的（这哲学意味并不是使人悟什么诗的微妙处来，不过处之使人莫名其妙罢了），翻译的程度是只能增加些对翻译素来已怀疑的人更深的疑心。然而旬刊上他的诗与翻译是不少的。

《艺林旬刊》

性质是对文艺新的方面追求与旧的方面整理;但他们的追求连一般人所做的工作还不如,旧的整理也还是不能得个所以然出来。

说他们的希望是新的追求与旧的整理,那是无语病的。他们的希望纵如是,他们的力量究竟觉得太薄弱了。

它的社员多半是武昌师大国文系的几个学生,编辑者即艺林社同人。

作者中刘大杰算是顶呱呱的了。因了《晨报副刊》的改组他们近已自己在武昌方面出版。

《文学周刊》

这刊物是由从天津方面到北京来的绿波社社员和北京之星星文学会会员办的。

寄托到《京报副刊》上出了一足年。

绿波社方面如焦菊隐、于成泽、姜公伟,星星文学会方面如张友鸾、周灵均等：都算是肯努力向前做的。

他们的旗帜与《艺林旬刊》及一切文艺刊物一个样子，也许是因为他们的生活并不比其他少年学生们两样吧。他们的希望都是不小，可是他们表现的能力都与希望隔太远了。

或者这是我的一种偏见，我以为若把未来的文艺的花朵希望如像他们一般人为培养茂盛起来，终究是要使我们失望的！我的意思是以为凡是如今自己把发掘文艺的锄头扛到肩膀上向前走的学生纵能掘到点什么，但当真能掘出一个大源泉的还非得要那些别一阶级的人出来动手不可。这另一阶级的人不是学生、教授，也不是官僚、政客，只是那些剃头匠、裁缝、车夫、兵士，等等。

他们附于《京报》发行时是礼拜六出版的。如今《京报》不能再托身，一时又无从独立办下去，所以只好停下来了。虽不久于成泽有个对于《文学周刊》复活的启事，不过这一类刊物即使不再在出版界上发现，想来也绝不会使爱好文艺的人感到寂寞的，有时市场书摊上此类刊物太多时,反而冲淡了对于文艺有嗜好的读者们的趣味。

《妇女周刊》

对于妇女问题也时常论及,女学士们的文章也时常见到,这就是北京地方唯一的关于妇人的刊物了。

对于女人抱有怀疑(也不是尊敬也不是嫌恶)的一类人,时常听到很幽默的说法是"妇人会照料家事以外又会了打绒汗衣,更能作诗作文,总算是进步了"!这不消说是对于她们文字表现力薄弱的一种嘲笑。但实在说来,女人有她所特具的细腻的思致,倘若我们不否认文艺有多方面的话,我们对于她们的东西,即或是比较肤浅的作品,总也会生出许多兴趣了。并且《妇女周刊》中作散文的波微(石评梅),真真实实说自己所能说的狭狭环境内的话时,笔致的不虚伪,是很能使人感动的。

然而我另一方面总嫌她们太小姐气、太太气,这不能不说是我的希望过奢。因为我希望女子文字虽保守了她主妇温柔、细致的作风,同时也希望她又有一种不安现状的突进的不为小姐、太太因袭的驯服于现状下的气概。至于我眼下的女人是些什么?除了太太就是小姐,除了小姐又是太太。本来处到这微温的世界中,男子就没有什么希望可言,把对男人本无希望的希望来期诸女人,又哪能不失望呢?

从她们的文字上来看,至少比其他男子们办的刊物上的文字要清白一点,写文章的态度也来得诚实一点,总算罢了!

《妇女周刊》是女师大蔷薇社同人办理的,由石评梅负责收稿。她的出版时间是每周的礼拜三,近来也同其他属于《京报》的几种特殊副刊一样,停办下去,无法出版了。小姐们无所抓弄,大概也很寂寞吧。为她们自己着想,为别的正感到需要女子软性读物的人着想,这刊物是愿它早早复活的,因为北京虽出版物已多到使书摊上找不出置放的情形,但女子刊物除了《妇女周刊》竟无第二个。

《民众文艺》

是"想发掘民间固有文艺宝藏"的一种刊物,登载些用很笨的笔调记录下的民间故事与歌谣。这刊物先由民众文艺社社员们共同编辑,到后来社员只剩下一个人了,然而这唯一的社员还能继续办下去,直到近时,才同此外《京报》各特殊副刊一块儿死去。

每周的礼拜二出版,编辑人荆有麟。

谈谈日报"附张"[1]

孙伏园

一

今日中国的日报附张,概括言之,可以分作两大类,我把它们叫作"无线电的两极端"。怎么讲呢?

甲极端以许多日报上的"马路无线电"等文字代表

---

[1] 原题为《理想中的日报附张》。

之，本意是要供人娱乐，结果却成了劣等的滑稽。例如"有趣一打""扫兴半打"，这种文字见之于故人的著作中，我们并不想加以非难，如李商隐的《义山杂纂》、日本清少纳言的《枕之草纸》二书中有许多很有趣的。但今人著作，不思别出心裁，只是一意模仿古人作品，便引不起阅者的兴味，而著作本身的价值也就降低了。

又如孙慕韩做总理，王克敏做总长，两方意见不洽的时代，有一个日报的附张上发表了一篇小评论，题目叫作《海甸总理与石娘总长》；临城劫案发生，田中玉与孙美瑶开对等会议的时代，又有一个日报的附张上发表一篇小评论，大意是"孙美瑶与田中玉同一玉也，而田之玉不及孙之玉矣"云云。这也是甲极端之别一类，本欲滑稽而得不到滑稽之好结果的。

再如另有一种日报附张，常欲搜罗新奇的事物而发表之；雄鸡产卵或某处少妇一产得五男等类，三四十年前的《申报》所优为，而在今日之日报中，虽不承认其为紧要新闻，但用"姑志之以供博物学者之研究"等口调，揭布于附张上者，还是数见不鲜。毛病一大半自然由于读者缺少常识，盲目欢迎此类新闻，而据我看来，也只能归于无线电文字的甲极端，编者本欲借以供人娱乐而结果却变了最劣等的滑稽罢了。

无线电文字的乙极端，就是简直老实不客气地讨论无线电的学问。这也是代表一个方面。有线电已经少有人懂得的了，现在却越几级而讲无线电。同一类的就如西洋某某人的哲学，学院中的或是书本上的哲学；带了许多图、许多表的或是教科书及讲义式的科学；用了五颜六色的字眼儿堆砌成的新选学式的文学等，与日常生活的关系甚少，与读者的常识程度相差也甚远，而且大抵是长篇的，每篇往往延长到一二礼拜以上。这一种我都把它们叫作"无线电文字的乙极端"。试就今日日报的附张中检查一过，除这无线电文字的两极端以外，还有些别的什么呢？我可以说，即使有，也是甚少的了。

二

那么，什么才是我理想中的日报附张呢？我们应先知道什么才是今日中国社会对于日报附张的需要。第一，大战终了以后，无论在世界或在中国，人们心理上都存着一种怀疑，以为从前生活的途径大抵是瞎碰来的，此后须得另寻新知识，作为我们生活的指导。这时候日报上讨论学问的文章便增加了。不过，大多数人尽可有这样的要求，日报到底还是日报，日报的附张到底替代不了讲义与教科书的。厨川白村说得好，报章、杂志只供给人以趣味，研究学问须用书籍，从报章、杂志上研究学问是徒劳的。而在中国，杂志又如此之少，专门杂志更少了，日报的附张于是又须代替一部分杂志的工作。例如宗教、哲学、科学、文学、美术等，本来都应该有专门杂志的，而现在《民国日报》的《觉悟》、《时事新报》的《学灯》、北京《晨报》的副刊，大抵是兼收并蓄的。一面要兼收并蓄，一面却要避去教科书或讲义式的艰深沉闷的弊病，所以此后我们对于各项学术，除了与日常生活有关的，引人研究之趣味的，或至少艰深的学术而能用平易有趣之笔表达的，一概从少登载。

第二，日报附张的正当作用就是供给人以娱乐，所以文学艺术这一类作品，我以为是日报附张的主要部分，比学术思想的作品尤为重要。自然，文学艺术的文字与学术思想的文字能够打通是最好了；即使丢开学术思想不管，只就文艺论文艺，那么，文艺与人生是无论如何不能脱离的，我们决不能够在人生面前天天登载些否定人生的文艺。中国人的生活太干枯了，就是首都北京也如此，几十个戏馆是肮脏喧扰到令人不敢进去的；音乐跳舞会是绝无仅有的；其他运动场、娱乐会和种种的游艺场所，你能指点出几个来吗？在家看方块儿的天，出门吃满肚子的土。如果一有一个识字阶级的人，试问：除开看看日报的附张借以滋润他的脑筋以外，他还有别的娱乐可以找到吗？

以上所述文艺、学术两项，自然不能全是短篇。如果把合订本当作杂志看，那么，一月登完的作品并不算长；只要每天自为起讫，而内容不与日常生活相离太远，虽长也是不甚觉得的；因为有许多思想学术或人情世态，决不是短篇所能尽，而在人们的心里，看厌了短篇以后，一定有对于包罗得更丰富、描写得更详尽的长篇的要求的。记者对于学术、文艺两类文字大概的意见如此，以下再讲其他各种短篇文字。

第三，也是日报附张的主要部分，就是短篇的批评。无论对于社会，对于学术，对于思想，对于文学艺术，对于出版书籍，日报附张本就负有批评的责任。这类文字最容易引起人的兴味，但也最容易引起别人的恶感。人们不善于做文章，每易说出露筋露骨的言语，多少无谓的争端都是从此引起的。这类争端，本刊虽然不能完全避免，也不求完全避免，但今天创刊日记者不妨先在这里声明一句，凡属可以避免的争端我们总是希望避免的。

除批评以外，还有如不成形的小说，伸长了的短评，不能演的短剧，描写风景人情的游记，和饶有文艺趣味的散文，这一类文字在作家或嫌其仅属断片而任其散失，而在日报则取其所含思想认为有登载之可能。我们此后要多多征求并登载此类文字。

三

"日报附刊上应该登些什么文字?"我上面已经照我的意见解答了。对于稿件性质及分量的支配,记者也曾经费过许多踌躇,都得不到若干结果。从前有人劝我,最好是在报上征求读者的意见。后来我想,征求答案的结果大抵是不圆满的,因为大多数人照例不说话,说话的少数人大抵不能代表读者的意见。而且我们也有我们的理想,即使是大多数人,我们难道肯抛弃了自己的主张服从他们吗?所谓服从,也只是参酌二者而折中罢了。现在我用变通的办法,不采用公开的征求制度,只在这里首先声明,希望热心帮助本刊的和记者个人的朋友们多多指教。"贵刊是否收受投稿?"和"贵刊投稿的章程若何?"这两个问题是编辑人时时可以见到的,我不如先在这里答复了。投稿是无限制地收受的。至于章程,因为没有必要,所以也没有定。简单一句话:如果记者认为可以登载的便登载,否则寄还或扔在纸篓里。撰稿者如果是愿意受酬的,请在稿尾声明,本报当于月寄奉薄酬。最后一句声明是记者竭诚地欢迎新进作家。新进作家的名字，自然不是社会所习知，但希望读者对于他们的作品，不要以为名字生疏而厌弃之。据我的经验，读者大抵希望记者多登名人的作品，投稿者大抵指摘记者多登名人的作品，其实两者都有偏见。社会上已经成名的作家的作品，我们固然愿意多登，不成名的新进作家的作品，我们尤其希望多多介绍。我希望此后本刊登载名人作品的时候，投稿人不妨放大一点眼光，不要尽是责备记者以为是"报界之蟊贼""选稿时存了势利的成见""不是你的狐群狗党便不登载"，登载新进作家的作品的时候，尤其希望读者不要存了势利的成见，以为"京报这几天太沉寂了，简直一篇名人的作品都没有"。与读者还有相见的日子，今天时间太匆促了，就说到这里为止吧。

（原载 1924 年 12 月 5 日《京报副刊》第 1 号，又载 1930 年 1 月《新闻学论文集》）

对超构先生的哀思

吴祖光

四天以前的 2 月 10 日,我们同在北京的十多个曾经或至今仍在具有光荣历史的《新民报》工作过或有密切而悠久关系的朋友聚会在大家敬爱的大姐——《新民报》的创办人邓季惺的灵通观西大楼家里。在大家举杯向邓大姐祝贺她的八十五岁华诞的时候,也都深情怀念她的志同道合的终身伴侣、并肩战斗一生的已故《新民报》总经理陈铭德先生。

在欢乐的春节佳日寿筵上,大家也不能不对我们共同的老战友、当代杰出的前辈新闻工作者、杂文大师赵超构先生寄以深切的关怀。当我们得知敬爱的赵老身患重病正在上海华东医院抢救的时候,一致同意联名向他致电慰问,盼望他转危为安、早日康复。

2月13日的夜晚,传来不幸的消息,超构先生永远离开了我们,离开了半个多世纪以来被他感动过、影响过、教育过的千千万万广大的读者。

1945年我在重庆受聘主编重庆《新民报》副刊《西方夜谭》,在这之前一年我已读过超构先生轰传遐迩的皇皇名篇《延安一月》,所以在没有看到他时已经十分敬佩,相识之后才知他胸有丘壑却木讷、不善言辞,和他的笔下珠玑截然异趣,反而更增加了对他的仰慕。由于不断地读到他的文章,更提高了对他的尊崇。他的任何一篇杂文短论都能给我启迪,近年来我每接到一份来自上海的《新民晚报》时,都是首先翻看《夜光杯》,希望找到林放[①]

[①] 赵超构先生的笔名为林放。(编者按)

的文章。但从现在起，《广陵散》从此绝矣。

半个世纪以来，在难以数计的好友当中，超构先生是我从来不对他说一句玩笑话的人，这只是由于我对他发自内心的尊敬。他从哪里得来的这么多灵感，随时随地都能找到写作的题材？在他漫长的写作生涯里，曾经在每一天的报纸上都要发表一篇或者更多的随感小品。社会上、国际间、生活里不断发生的大事小事他都可以写成文章，发表意见；信手拈来都成妙谛，举重若轻而带有哲理。真难想象他是从哪里带来这样的神通。假如我能偷来他的一半本事，真不知道我能写出多少好戏来了。正是这样，使我每一见他便肃然起敬。这一个十年里，由于每年一度开政协会议，也由于我们分属两界，不在一处开会，有时甚至不住在同一个宾馆饭店，但是每届开会期间我一定会跑到他的住所去看望他；即使是对座小谈数语，也使我感觉安慰。而这个十年的最后一年，阳春三月马上即将来临，超构却不到元宵节便与这个色彩斑斓的世界长别了。

从 30 年代便投身写作的我们这一代，当时属于最年轻的像我这样的也早就过了七十岁，超构享年八十三岁不为不寿，尤其是他留给我的印象是身体从来就不是很健康的，然而他的成就却是十分卓越的。最近一段时间看到有人论及超构在杂文上的成就，评他为鲁迅以下决不多见的大家，这我是完全信服的。又见过一篇文章谈到他对自己的要求十分严格，譬如他的一部文集本就极其严格的编选，再版时又被他自己删去大量篇章，这都使我非常感动而又惭愧，从而深深感到他的逝世真是当今文坛无可挽回的损失。他留下的作品字字珠玑，应当广为搜求，由报社出版赵超构杂文全集，那是我们的一笔巨大财富。

赵老的去世使我无限悲痛，不仅是他的遗作将会永放光芒，他的为人和高风亮节亦将永远成为后人的楷模。为了要写一篇小文表达我的哀思，我很后悔对这位历经半个世纪的老友亲近太少，因此所知亦太少。为此我在自己的书架上找到三部由三家书店出版的《中国文学家词典》和《中国现代作家传记》，遍查三套大书的名录，竟不见一个赵超构的名字。这真使我始而吃惊、失望，继而愤怒了。赵超构不算文学家、作家，谁还能算文学家和作家呀？只是由于他的谦虚，迟迟不出版自己的文集，乃至有这样奇怪现象出现！

为什么一个真正的大家、报纸专栏作家中的尖端人物却在作家之林中，被无端抹掉，这本是林放先生杂文的绝妙题材。虽然我知道即使超构复生他也不会写的。

我永远尊敬和怀念赵超构先生。

1992 年 2 月 22 日

做厨子不易

夏　衍

早有人说，编刊物像做厨子，每天一桌菜，要得到一家老小满意才好，而现在，我这个厨子的服务对象是一个"大杂院"呢！像"节约餐"一样的已经有一种限制，而读者从名流学者到工农大众，各有水准与嗜好之不同。譬如这次的读者来信中，有人说"多登一些文艺作品"，有人说"文绉绉酸溜溜"的玩意儿愈少愈好，有人说"我们要刺激"加大葱、辣椒，但也有人相反地说"最好轻松一点,不要剑拔弩张"。这些,编者认为还是一个可克服的技术问题,把这些不同的要求记在心头,在"配菜"上特别留意到每一个读者的嗜好,求出一个大多数人的共同性来,这难题是勉强可以对付得过去的。其实,作为一个厨子,重要的还不止于技术,而应该是还有一个心术的问题,不偷工减料,不懒得出去采访,不随便买些烂鱼臭肉乃至有毒的东西来伤害主人的健康,这不是为一个厨子的天职吗?

(1947年11月14日香港《华商报》副刊《热风》)

谈小品文

夏 衍

4月18日的《人民日报》发表了陈绪宗同志的一篇介绍苏联报纸经验的文章——《小品文——进行思想斗争最灵活的武器》。他用许多生动而具体的例子说明了小品文在苏联人民生活中所起的巨大影响,它在人民群众中所具有的极高威信,以及苏联的党和人民对这种文学形式的重视。这篇文章的结尾说:"我们中国报纸上的小品文虽然有过一些,但还不够多,这同我们报纸上批评和自我批评开展得不够是有关的。我们应该加强批评和自我批评，开展对资产阶级思想的斗争，因此小品文这样一个锋利的、灵活的、思想斗争的武器有必要在我们报纸上加以大大的提倡。我们应该用它作武器，来向一切反面的、腐朽的、阻碍进步的东西展开进攻，为我们国家的社会主义建设扫清前进的道路。"我完全同意这种看法。

小品文，也许有人认为是一种新的文体，其实，我们过去习用的所谓杂文或者杂感一类文章中有很大的一部分就是小品文；而杂文或杂感，则自从五四运动以来，早就是我们进步文学向各种反动思想进行斗争的一种最有力、最有效的武器。从《新青年》上的《随感录》，《中国青年》上的《杂评》，《政治周报》上的《反攻》，一直到瞿秋白的《乱弹》，鲁迅的杂感，都是用这种匕首和投枪式的短文，和敌人进行猛烈的斗争，"和读者一同杀出一条生存的血路的东西"（鲁迅《小品文的危机》）。我们思想战线上最优秀的战士——恽代英、萧楚女、瞿秋白、鲁迅都是最卓越的小品文作者，都是最有效地运用这种武器来打击敌人的能手。

小品文在中国新闻史上早有了一个光辉传统,三十年来,每一个有过报纸工作经验的人都能体会:小品文是进步报刊的一个不可缺少的部分。

为什么小品文这种文体在五四运动之后逐渐发展而日益为读者所喜爱与重视呢?主要的原因是政治斗争、思想斗争的激化。瞿秋白同志在《鲁迅杂感选集序言》中说:

> 鲁迅的杂感其实是一种"社会论文"——战斗的"阜利通"(feuilleton)。谁要是想一想这将近二十年的情形,他就可以懂得这种文体发生的原因。急遽的剧烈的社会斗争,使作家不能够从容地把他的思想和情感熔铸到创作里去,表现在具体的形象和典型里;同时,残酷的强暴的压力,又不容许作家的言论采取通常的形式。作家的幽默才能,就帮助他用艺术的形式来表现他的政治立场,他的深刻的对于社会的观察,他的热烈的对于民众斗争

的同情。不但这样，这里反映着"五四"以来中国的思想斗争的历史。杂感这种文体，将要因为鲁迅而变成文艺性的论文（阜利通）的代名词。自然，这不能够代替创作，然而它的特点是更直接地更迅速地反映社会上的日常事变。

（《瞿秋白文集》第三卷，978~979页，有删改）

由于此，小品文是战斗性的社会论文，但它又不同于一般的政治论文。它是文艺性的论文，它需要文艺素养，它需要幽默才能。

由于此，小品文即"阜利通"是战斗性的文艺作品，但它又不同于一般的创作。它是匕首，是投枪，它的功能是一针见血。它一方面不能够——也不需要把作者的思想感情从容地熔铸进具体的形象和典型，但同时"它也能给人愉快和休息"。

（鲁迅《小品文的危机》）

小品文作家应该具备哪些条件？应该向哪些方面努

力？我以为，第一是鲜明正确的政治立场，敏锐的观察能力，就是一定的马克思列宁主义的思想水平；第二是对阶级斗争的分明的爱憎，就是"热烈的对于民众斗争的同情"，和强烈的对于一切反面的、腐朽的和垂死的东西的憎恨，以及从这种强烈的爱和憎中所产生出来的那种情不自禁的、"不能已于言"的真情实感；第三是作为一个文学工作者所应有的文学素养，精练的文体，讽刺和幽默的才能；这之外，假如还要添上的话，那就是还需要有深刻的生活经验和广博的社会知识。

具备了这些，小品文就可以不拘泥于某一种形式。鲁迅先生的杂文采用了多种多样的形式，同样地达到了给敌人以打击，给读者以愉快和休息的目的。可以是现在惯称的所谓"思想小品"，可以是寓言，可以是对话，可以是独白，可以是不加任何评论的"立此存照"，也可以用"通讯"和"答客问"的形式。小品文可以使人笑，可以使人恨，可以使人从心底里激发出对阻碍进步的旧势力的鄙视、蔑视之情。

但是，近年以来，我想每一个当过报刊编辑的人，都会有一个共同的感觉,就是要约请一位作家写一篇小品文可并不是一件容易的事情。文艺作家视小品文为畏途,推辞唯恐不及,"写不来""怕写不好""容易犯错误",或者更直率地说:"没有感想。"这原因,除"同我们报纸上批评和自我批评开展得不够是有关的"之外,作家对社会上的一切反面的、腐朽的、垂死的东西缺乏强烈的憎恶,缺乏阶级斗争中的敌情观念,缺乏那种"不能已于言"的激情,恐怕也是很重要的原因之一。有些作家对一切阻碍我们社会主义建设的非无产阶级思想——对一切社会中仍然存在的恶习、缺点和不健康现象熟视无睹,无动于衷,或者是偶有所感也缄口不言,怕负责任。这是缺乏责任感和政治热情的具体表现,严重地影响了批评和自我批评的开展。我想,在我们提倡小品文的时候,首先就该用小品文这一武器,对我们自己队伍里的这种政治上的麻痹和冷淡,展开剧烈的斗争。

我们的国家正处在社会主义革命——社会主义改造的阶段,政治、经济、文化各方面都包含着极其复杂极其尖锐的斗争，我们的现实生活中绝不缺乏需要用小品文来讽刺的材料。小品文应该成为报刊的一个不可缺少的部分，替报刊经常地写作小品文应该是文艺工作者无可旁贷的责任。我们报刊上不仅要有和应该有鲁迅式的杂文，而且要有和应该有果戈理和谢德林式的文艺作品。

1954 年 5 月

一个副刊编者的自白

—— 谨向本刊作者读者辞行

萧 乾

即使仅仅是个奶妈,在辞工的时候,一股依恋的情绪也是难免的吧?是一个性子最急躁的小伙子呢?然而四年来,我如一个老管家那么照护这刊物:每期一五一十地拼配字数,抠着行校对,到月头又五毛一块地计算稿费。有时工作同兴趣把我由编辑室里扯出去，扯得很远。但黄河沿岸也罢，西南边陲也罢，我永远还是把它夹在腋下；可以疏忽，然而从未遗弃。这一次，我走得太远了。平常对它，我很容易说出"厌倦"的话。临到这诀别的时刻，我发觉离开它原不是件那么容易的事。一种近乎血缘的关系已经存在着了——然而我又带不得它走。

当您翻看这份报纸时，我已登上了一条大船。这将是一次充满兴味的旅行，船正向着人类另一座更大的火山航进。我将看到更大规模的屠杀，那将帮助我了解许多。自然，一个新闻记者不能忘掉他报道的职责。意外，对他是求之不得的。这刊物从即日起便由《文艺》的另一科班出身的杨刚先生接手主编了。

一、四年间

是四年前的今日，第一期的《文艺》在天津《大公报》上与读者见面了。回忆起来，像是很长时间了。这中间，个人，国家，全世界都经历过惊心动魄的突变。

做了四年《文艺》作者或读者的您，或许想知道我同这刊物究竟是怎样结起的因缘吧？首先我得承认，我是它几十几百名科班之一，它培养起来的一个不长进的孩子。远在1933年，当杨振声、沈从文二先生辞去大学教授到北平来教小学，并主持本报的《文艺副刊》时，我投过一篇题名为《蚕》的稿子，那是除校刊以外，我生平第一次变成铅字的小说。随后《小蒋》，随后《邮票》。直至我第六篇小说止，我始终没在旁的刊物写过什么。那时我在北平西郊一家洋学堂上学。沈先生送出门来总还半嘲弄地叮嘱我说：每月写不出什么可不许骑车进城啊！于是，每个礼拜天，我便把自己幽禁在睿湖的石舫上，望着湖上的水塔及花神庙的倒影发呆。直到我心上感到一阵炽热时，才赶紧跑回宿舍，放下蓝布窗帘，像扶乩般地把那股热气眷写在稿纸上。如果读完自己也还觉可喜，即使天已擦黑，也必跨上那辆破车，沿着海甸满是荒冢的小道，赶到达子营的沈家。那时的《文艺副刊》虽是整版，但太长的文章对报纸究属不宜。编者抱怨我字数多，我一味嫌篇幅少，连爱伦·坡那样"标准短篇"也登不完。沈先生正色说:"为什么不能!那是懒人说的话!"像这样充满了友爱的责备的信,几年来我存了不止一箱。

第一次收到稿费时,数目对我太大了,我把它退了回去。我问编者,是不是为了鼓励一个新人,他在掏腰包贴补呢?编者告诉我说,他给的不多也不少,只是和别的人一样。

于是,靠这笔不多不少的数目,我完成了最后两年的教育,并且抓住了一点自信心,那才是生命里最宝贵的动力。

戴上方帽子的十五天后,我便夹了一份小小行李,上了平津快车,走进这个报馆。那是1935年6月30号的事。

像我在一本小书的《题记》①里所写,那年夏天,北方是破纪录地酷热。大编辑室的窗户朝西,而且是对了法国电灯房的烟囱。太阳烤着,煤烟熏着。由于自己

---

① 指《答辞》。

的趣味不同，对当时经管的刊物《小公园》①的传统及来稿感到不舒服。终于，在社长的同情谅解下，我辟了条舒服点的路。不幸，这条路没多久便和《文艺副刊》重复了。刚好那时杨、沈二先生因工作太忙，对刊物屡想脱手，便向报馆建议，索性将刊物改名《文艺》，交我负责。那以后，每次遇到难题，还不断地麻烦杨、沈二先生，而他们也永远很快乐而谦逊地接受这麻烦。

"你要我们做什么，尽管说。当你因有我们而感到困难时，抛掉我们。不可做隐士。要下海，然而要浮在海上，莫沉底。凡是好的、正当的，要挺身去做。一切为报馆、为文化着想，那才像个做事情的人。"这是我随报馆去沪前，他们郑重叮咛我的话。

这话我记了四年，此刻也还揣在心坎上。

这四年来，我目睹并亲历了大时代中一家报纸的挣扎。当日在华北当局委曲求全的局势下，一个必须张嘴说话，而且说"人话""正派话"的报纸，处境的困

---

① 原是个游艺性质的刊物，专登些名伶逸事、舞技棋谱之类文稿。

难是不下于目前上海①同业的。一个炸弹放在门口了。四个炸弹装在蒲包里,一直送到编辑室里来了。我看见社长和同事脸上的苦笑。炸弹从没使这个报纸变色。《文艺》虽是一个无人注意的角落,但也不能不分到一份厄运。在天津法租界编副刊,除明文规定的"赤化""反日满"的禁款外,还提不得法兰西,提不得安南,提不得任何挂三色旗的地方。在上海,那环境更要复杂。除应付那时文坛上的四阵八营,种种人事微妙关系外,还要揣度检查官的眼色。那时新闻送检,副刊可免检。这省了事,可也加重了编者事后的责任。当一位故都的作家责《文艺》下了海时,上海一些朋友却正指我们为"谪京派";当进步批评界责备我们太保守、太消沉时,南京中央党部的警告书也送到了。为了刊登陈白尘先生的《演不出的戏》,报馆被日本人在工部局控告了。这官司纠缠了许多时日,终于在本报主笔张季鸾先生的"中国什么时候承认过满洲国呢?"的严词质问下,

---

① 指当时沦陷区的上海孤岛。

才宣告无罪。

二、苦命的副刊

有时在内地,我遇到编副刊的同行,谈到对他那版的意见时,我永远只能说"好"。这不是虚伪,我深切地知道编副刊的限制与困难。譬如昆明《云南日报》的《南风》,每期仅有三栏位置,没有比篇幅对副刊发展更严峻、更致命的限制了。三栏不够登一篇小说的楔子,为报纸设想,每期题目又要多,且不宜常登续稿,才能热闹。这是说,副刊只能向"报屁股"的方向发展:登杂文、挑笔仗,至多是小品、随笔。一个编者如还爱好文艺作品,不甘向这方面发展,就只有陷在永恒的矛盾痛苦中了。

在这方面,一个杂志编者的处境要有利多了。技术上,他不必如副刊那样苦心地编配。一期副刊多了一百字便将挤成蚁群;少了一百字又即刻显得清冷贫乏。(一个整版的副刊就比半版好编多了,且易出色)然而很少人注意到一本杂志这期是多了一万字还是少了五千字，何况必要时封皮上还可以标上"特大号"呢！

副刊拉不到好稿子，即使拉到，也不引人注目。一个杂志编者像是在盖楼房，砖瓦砌好，即刻便成为一座大厦。那成绩本身便是一份愉快的报偿。但一个副刊编者修的却是马路，一年到头没法停歇，可永远也看不到一点成绩。这原因，主要是文章无法集中，因而也无法显出系统，例如《文艺》每年年初的清算文章，今年2月间来自敌后方及延安的文章，前年的书评讨论，如果放在一道，也足可给读者一个印象了。但散登出来，只有令人不耐烦。这短处是先天注定的。在中国报纸不能发展到像《泰晤士报》那样另出《文艺附册》之前，副刊一日附在报纸上，一日就得接受这份命运。

副刊拉不到好文章，拉到手也容纳不了。《雷雨》发表在《文学季刊》上，立刻轰动全国。但如拿到副刊上，每天登个千儿八百字，它的所有剧力必为空间、时间的隔离折光。在这悬殊的情形下，一个副刊编者拉稿时，已怀着一份先天的自卑感。为了整个文坛，为了作品本身，也不宜只顾为自己的刊物增加光彩。我曾多次把到手的好文章转送给编杂志的朋友。

本刊这些年便在这种平凡中存在下来。我们没有别的可夸耀的，只是安于寂寞，安于自己的平凡，从不在名稿或时髦文章上与人竞争。我们了解副刊占不了文坛的上席，但也从未忽视其应尽的职责。它是一道桥梁，它应该拱起腰身，让未长成的或还未把握住自信力的作家们跨过去。今后，这个刊物大约也不会有什么雄图，它将继续驮载作品，寂寞地、任劳任怨地。

三、《文艺》传统

在移交的前夕，我曾严肃地反躬自问：我可曾利用篇幅中伤过谁没有？那是我所最想避免的。为了这个，本刊传统之一是尽量不登杂文。我们的书评政策一向是"分析的""理智的"。不捧场，也不攻击。而且，所有杨、沈二先生及我自己的书，都一概不评。刊物承各方厚爱，稿件是始终充裕的。（不然我也没有去远处旅行的可能）

如同最近我去滇缅之前，竟从容地发了二十万字，而存稿还未发光。在这情形下，编者对自己有一约束，即永不用自己的东西占刊物地位。四年来，只要不发生"文责"干系，我尽量都用编者的名字填空白，且从不曾领过一文稿费。一切全往"非个人"的方向去做。除应得的薪金外，不利用职权便利窃取名利。也就是这点操守，使许多文章被积压下来的朋友能始终容忍体谅。

由报纸的生意经来说，不登杂文，注意作品本身并不是容易的事。所幸《文艺》创刊以来，本报社长胡政之先生几次嘱咐我说：我们并不靠这副刊卖报，你也不必学许多势利编辑那样，专在名流上着眼。要多留意新人。只要从长远上，我们能对推进中国文化起一点点作用，那就够了。于是，几年来在报馆的宽容和支持下，这刊物很安分地拱成一座小小的桥梁。时常遇到时兴的东西它反而躲闪开。它不势利，然而也从不持提拔人的态度。它尽力与作者、读者间保持密切联络，但教训式的文章却不大登。战争爆发以来，许多当日一向为本刊写稿的作者很快地跑到陕北，跑到前线去了。他们将成为中国文坛今日最英勇的、明日最有成就的作家。

正如我们对作品不存歧视，本刊稿费容许因预算或汇水关系，偶有出入，但有一个传统的原则：它必须"一律"。读过那本文人书信集的朋友们当明白十年前文坛的"稿费黑幕"怎样龌龊，进而也明白近年来上海出版界"稿费划一，按页计算"这一技术上的改进对文坛有着怎样的好处。第一，势利的编者再不能借着剥削新人来侍奉文坛元老了。第二，文章至少像一般劳力一样，可以光荣而公允地得到它低微但是平等的报偿。第三，更重要的，精神上，这个改进给开始写作的人自信力不少。一个较小的数目后面往往隐着的是一只白眼，一种不应持有的藐视。必须声明的一点是：本刊编者一向不经手稿费。我的责任是，每月底将所登各文，按字结算，逐条开单，由会计科汇付。且因编者时常出门，从不代领、代转或代购书物。自"七七事变"以来，本报积存未付的稿费数目确已不少，然而原因都不出地址不明（如渝市大轰炸后）或因汇兑不通（如战地）。

所有这些稿费，全部暂存本报会计科，作者可以随时补领。

四、书评是怎样失败的

自从我发现副刊在创作上不能与杂志竞争，而又不甘走杂文的路时，我就决定《文艺》必须奔向一个对读书界可能有更大贡献的路：书评——一种比广告要客观公允，比作品要浅显实用的文字。由于"日刊"出版的迅速，在时间性上一个杂志是竞争不过报纸的。战前，为建立一个书评网，我费了不少力气。读者或还记得刘西渭、常风、杨刚、宗珏、李影心、陈兰诸先生的名字吧！我们曾尽力不放过一本好书，也尽力不从出版家那里接受一本赠书。每隔两三天，我必往四马路巡礼一趟，并把检购抱回的，一一分寄给评者。

这方面我承认我并未成功。第一，战时，交通线的阻断，出版物的稀少，书评家的流散，拆毁了这个脆弱的网。同时，书评在重人情的中国并不是一件容易推行的工作。书评的最大的障碍是人事关系。一个同时想兼登创作与批评的刊物,无异是作茧自缚。批评了一位脾气坏的作家,在稿源上即多了一重封锁。

这困难一如本报之前举办的"文艺奖金"。也正如那个,是不能因噎废食的。书评这只文化的筛子必须继续与创作并存,文坛才有进步。本刊在这方面虽未成功,却也不准备知难而退。

五、综合版

我时常怀疑,在文艺刊物多于任何期刊的中国,报纸的副刊还应偏重于文艺吗?一个专业杂志自有其特定读者。如果文艺也可算作一项专业的话,也自有其特定的读者。但一个报纸的读者却没那样单纯。他们需要的知识必须是多方面的,但使用的可得是比新闻轻松些的文笔。如果报纸也是社会教育工具之一,应不应该把副刊内容的范围尽量扩大些呢?

"综合版"便是在这疑问下动手尝试的。我想做到的是《纽约时报副刊》那样庞杂、合时而富有教育价值的读物。如果做得好，那是说，如果我们的专家肯动手写点大众化的东西，它的前途必是无限的。然而截至现在，"综合版"距这理想尚远得望不到影子。这原因，一方面是编者无能，同时，也许我们的学者只能或只肯写"学术论文"，而笔下轻松的作者，在学识上怕也一样轻松。这是一个矛盾。但我们不信那是注定的。愿它在杨刚先生的看护下，茁壮起来。

亲爱的朋友们，谢谢你们过去所给我的支援与指导。相信你们必将继续帮助这个小刊物，视如己出地爱护它。我感激地握你们的手。

［作者按］ 这是1939年秋我把香港《大公报·文艺》移交给杨刚之前对刊物读者的交代，原载于同年9月1日的《文艺》上。

副刊的"四个要点"

严独鹤

第一,认清性质。报纸上的副刊,到底应该属于何种性质,确是很值得研究的一个问题。一般的主张,都说副刊当然是文艺性,至少要偏重文艺性。也有一部分人的看法,认为副刊脱不了"趣味性",甚至只成为一种消闲的读物,可以说是"消闲性"。其实两者都有些不对,前者是将副刊指定得太狭义了,后者却又将副刊的价值估计得太低了。副刊诚然以文艺为主体，但不是纯文艺性，如果说是纯文艺性，就成为文艺专刊了。副刊的内容，固然要饶有趣味，但决不是专以发生趣味为能事，寻求趣味为目的，至于说只供读者消闲，就更失却了报纸上编行副刊的意义了。论副刊的性质，简直是兼容并包，要注意到世界、国家、社会、家庭、个人各方面，从大事以至小事，随时有讨论的题材，要着眼于政治、经济、文化、教育、科学、艺术各部门，从正面以及侧面随处有写述的资料。因此近几年来，又有人说副刊是宜于"综合性"，这"综合性"三个字，似乎是很广泛的，却是比较适当的。所谓"综合性"，便是"兼容并包"，但认定了综合的性质，又依然要保持文艺的骨干，具有文艺的形体，富于文艺的情调，因为副刊到底是集合文艺作品所构成的园地。

第二，确定地位。以前报纸上并没有什么副刊，后来有了副刊，也大都视为无足轻重的一种附属品，称之为"附张"，甚至讥之为"掇尾"。这种观念，真是绝大的错误。如今发行报纸者和读报者，对于期刊，都已改换目光,重新估价了,但轻视的心理,也许还没有完全更变。其实副刊在一张报纸上,决非等于附庸,而自有其独立的地位,极应该以独立的地位,发挥其独立的精神和功能。这里所谓独立,并不是说副刊的作者和编者,可以自成一军,别树一帜,而不顾全报纸本身的立场,不附合报纸本身的使命,而是在立场相同,使命相附之中,仍须独特地对读者有所贡献,对社会有所表现,说得明白些,副刊之于报纸本身,在言论方面,在一切记载方面,都可以作为有力的补充,形成很好的搭配,从而增加报纸本身的精彩与声誉,因此副刊的地位,正是值得珍重的。

第三、适应读者。许多人讨论到各报所拥有的读者,往往会说:某报的对象是工商界,某报的对象是平民阶级和一般青年,好像对象不同,其编辑方针也因之而异。这种想法,也有几分是对的,但不能忘却报纸的效用,应该是大众读物,假使报纸要争取读者,也当然应该争取多方面的读者,决不宜限于任何一界,也不能专注重任何一界,整个报纸的本身如此,每张报纸上的副刊也是如此。副刊的读者是大众,包括全国各阶层的人物,副刊的编者,如其想到适应读者需要,也就须适应大众的需要,这便是说一页副刊的内容,最好是做到大众都能接受,都能领略,都能欣赏,也都能得到一些裨益,而决非专配合某一种人的胃口,专供某一种人的阅读。

第四,配合材料。编辑副刊第一件要事,是配合材料,正等于庖人治馔,要先注重于置备各种食料。一切食料,无论是鸡鸭、是鱼肉、是蔬菜,如果品质不鲜洁,或采办得不能适合,那就不论庖人手段如何高明,也安排不出一桌好酒席来。

讲到副刊的取材,简言之,有以下四个标准:(一)隽雅而不深奥;(二)浅显而不粗俗;(三)轻松而不浮薄;(四)锐利而不尖刻。以上只是举大概,至于"隽雅"与"深奥","浅显"与"粗俗","轻松"与"浮薄","锐利"与"尖刻",其间如何分析,全在编者意识上的体会,加以选择,有所取舍不必细细叙述。但此外还须提出一个要点,是副刊中所载的文字,除一两种"长篇连载"，其余宜多取简短的而又具有时间性的作品。报纸不比杂志，读报者的情绪，也不比阅读杂志那样悠闲，冗长的或并无时间性作品，不能说绝对不适用，但如其刊载得太多了，相对来说是不容易引起读者兴趣、不大会受人欢迎的。

（摘自《报学杂志》《编辑副刊的感想》）

冰心老人与《人民日报》

袁 鹰

1988年5月,《人民日报》创刊五十周年纪念前一个多月向一些老作家约稿,请他们回忆同报纸交往的历史。5月下旬我收到冰心老人的一封信。

袁鹰同志:

好久不通信了。《人民日报》让我写我与副刊的关系。我记得这关系是联系起的。我不记得什么时候了（大概很早）。第一篇文章是什么，我忘了。

电话真难打！您的现在住址和电话都请告诉我，最好写信来。您如能来一谈，更是荣幸！我还好，一时死不了，连我自己也奇怪！很想您。祝好！

冰心

五，廿三，一九八八

我那时刚访问巴基斯坦回来，接信后十分欣喜，立即去信表示感谢。信上回忆她1958年在《人民日报》副刊上开辟的专栏《再寄小读者》和其他作品。三十年后回顾当初建立的交往，是一个编辑永藏心中的记忆。对我个人来说，尤其如此。几天后又收到老人的信：

袁鹰同志：

得您五月廿六日信，知道您又到国外跑了一趟。这在我，今生已无望了。您说起我同《人民日报》副刊的因缘，据卓如给我编的写作年谱，我不是1958年才给副刊写"再寄……"而是在1956年

6月,就在《人民日报》副刊上登了一篇《一个母亲的建议》,这个我自己也忘了,我想也是您联系的吧?您和姜德明……以至李辉、刘虔都是催促我在"两为"上努力前进的人,"6·15"报庆文章,我一定写,我有许多话要说,写好打电话,要您看"登得登不得"!

冰心

六一,儿童节

冰心先生同《人民日报》的关系确实很早了。她在报上发表的第一篇文章是1955年9月27日刊登的《访日观感》,第二年即1956年儿童节次日,发表《一个母亲的建议》,这是她同《人民日报》建立联系的开始。1987年年初我离开报社文艺部工作岗位以后,由别的同事同她联系,老人始终如一地给予热情的支持和帮助。我们当编辑的记得最清楚的是她一点没有大作家的架子,总是诚恳亲切、平易近人,如同她在信上必定用"您"字那样,处处表现出老一辈文人的风范。对报纸的约稿，一般都是有求必应，很少推辞。据文艺部编辑刘梦岚同志统计，从1956年到1994年，她在《人民日报》上发表文章共有八十三篇之多。

我最早接触冰心先生是在20世纪50年代中，中国作家协会儿童文学组开会时见过她。每次开会，她都从西郊民族学院住处乘公共汽车到西直门，再换乘电车到东单，然后步行到东总布胡同二十二号作协会址。主持会议的张天翼、严文井、金近同志非常尊重这位老作家，总请她发言，有时她也直率坦诚地谈些对儿童文学创作出版和儿童阅读状况的看法，讲话不多，言必有中，给我们这些后辈留下很好的印象。

同冰心先生来往较多始于1958年。那年年初，文艺部讨论副刊版面应该出些新面貌，有人建议请些老作家撰写一批能吸引读者又能保证质量的稿件，最好开辟一个固定的专栏。我便给冰心先生去信，希望她将三十多年前的名作、获得千千万万读者喜爱的《寄小读者》延续下去。很快，她欣然同意，随即寄来《再寄小读者》的第一篇。信的开头，沿用三十多年前的称呼"似曾相识的小朋友",顿时唤起早已成为父母辈或祖父母辈的当年小读者的亲切感。她在信里激动地写道:"二十几年来,中断和你们的通信,真不知给我自己带来了多少的惭愧和烦恼。"她说有许多话,许多事情,不知从何说起,只好"忍心地让它滑出记忆之外,淡化入模糊的烟雾中去……如今我再拿起这支笔来,给你们写通讯。不论我走到哪里,我要把热爱你们的心带到哪里!我要不断地写,好好地写,把我看到想到听到的事情,只要我觉得你们会感兴趣、会对你们有益的,我都要尽量对你们倾吐"。这是爱的呼唤,心的交流。果然,在这个专栏里,她同三十多年前一样,将满腔的热情和爱意,奉献给50年代的少年读者,带我们走近祖国的山山水水,走向遥远的亚非拉,让他们像我们少年时代那样,从一封封信里听到慈心怦然的跳动。

陪冰心先生访问长城脚下青龙桥,是我几十年编辑生涯中一次非常珍贵的回忆。1922年"双十节",年轻的女大学生冰心与同学们游长城,写了名篇《到青龙桥去》。三十七年后的1959年9月,为了庆祝新中国成立十周年，我们建议冰心先生再去一次青龙桥，去写写那里的新貌。这个建议引起她的兴趣。9月的一个清晨，我和文艺部编辑李叔方同志先到西郊冰心先生寓所，接她赶往西直门车站。我们再三致歉，由于汽油紧张，不能用小轿车送她去青龙桥。她摆摆手说："不用不用，那一年是坐火车去的，这次也得坐火车。"

到青龙桥站下车，按冰心先生的主意，先到派出所打听到生产队长李景祥的家，也没有事先打招呼，进门就坐在炕上，同李景祥一家人娓娓交谈，询问生产队的发展和他家庭妻儿的生活。她一面问，一面不停地记。那位质朴的基层青年干部热情接待我们这几个突如其来的不速之客，虽然也听到我们的简单介绍，但是可能始终也没有弄清眼前这位和蔼可亲的老奶奶是何许人。他老老实实地同我们谈话，回答问题，既不忸怩，更没有夸夸其谈，给冰心先生留下很好的印象。她像走亲戚似的叙家常，看时间不早了，就抬头对我们说："我们告辞吧，不要耽误他吃饭，更不要耽误他工作。"离开李景祥家时，她恋恋不舍地一再回头。她看到溪水边小桥下一个穿粉红裆子的姑娘正在洗衣服，就笑笑说："你们看，小桥流水人家，多美的一幅画面！"她那笑声话语，我现在仍记得，恍如昨日。

60年代初，思想文化战线的气氛渐渐紧张。作家们手中的笔也渐渐枯涩，人人头上似乎都悬着一柄随时会落下的剑，冰心先生也只写了些有关国际文化交流的应时稿件。接着就是十年"疯狂混乱"的岁月。风雨如晦，使人惦念。后来传来她去了中国作家协会在湖北咸宁的"五七干校"的消息，我很难想象她瘦小羸弱的身躯，如何应付沉重的田间劳动和凶神恶煞的呵责批斗。1975年，我已从干校回来参加一些编辑工作，有一次去中央民族学院组织稿件，接待我的同志谈完正事之后，悄悄地问："谢冰心回来了，你要不要去看看她？"我心头一热，顿时涌出一阵意外的欣喜，随她来到一间光线暗淡的大办公室，只见冰心老人同吴文藻先生伏案相对，正埋头校译一本外文学术著作。她摘下老花眼镜，连忙站起来紧紧抓住我的手，连说："你来了？好，好，好！"许许多多话都在这三个"好"

字里了。黯然握别时,她仍然抓住我的手不放。我强忍住泪水,退出那间寂静无声的屋子。

"十年动乱"结束,为"天安门事件"平反,我们着手"丙辰清明纪事"的征文。我立即想到冰心老人,她也果然很快就寄来一篇《等待》(刊载于1979年7月18日《人民日报》),细致生动地叙述女儿带着孩子们去天安门广场,她和老伴在紫竹院公园等孩子回来的心情。他们俩在长椅上坐下,"谁也没有开口,但是我知道他也和我一样,一颗心已经飞到天安门广场上去了!那里不但有我们的孩子,还有许许多多天下人的孩子,就是这些孩子,给我们画出了一幅幅壮丽庄严的场面,唱出了一首首高亢入云的战歌……"读到这里,我深深感到她的爱心已经同民族的命运融在一起了。

进入历史新时期,冰心老人同许多老作家一样,犹如枯木逢春,重新焕发新的光彩。直到20世纪90年代她因病卧床不得不辍笔,仅仅在《人民日报》上先后就发表了四十多篇文章。那篇为教师请命的《我请求》

（1987年11月14日），获得广大教师的热烈反响，许多素不相识的教师从远方来信向这位敬爱的老作家表示由衷的感激。她在我们文艺部编的《万叶散文丛刊》上先后发表的《绿的歌》和《霞》，更成为新时期散文的典范之作。

寄来前述那封信后不几天，她就写了《我感谢》一文（1988年6月30日发表），向《人民日报》创刊四十周年"呼唤出最诚挚的感谢，感谢《人民日报》文艺部的诸位编辑同志，这四十年来，让我在副刊的版面上，印上许多我当时的欢乐和忧思！"就在这篇一千二百字的短文里，老人依然讲了些骨鲠在喉的话，呼吁密切领导与群众关系，争取人民群众为国分忧。她摘引了《教育与职业》杂志上两篇转载的文章，一篇是《重视教育，提高全民族的素质》，文中提出："如果今天我们还不痛下决心与狠心，把教育事业落实在行动上而不停留在口号上，那么，报复将在我们的子孙后代，将在二十一世纪。"另一篇文章提到现在浪费现象十分严重，呼吁把挥霍浪费的钱财节约下来用在教育上。引完以后，老人高兴地写道：好了！我终于看到了5月28日《人民日报》上登出的使全国人民兴奋的消息，"国务院常务会议决定停建一批不必要的楼堂馆所，省下的钱将用于教育和改善人民生活"。文章结束处，老人深情地写下："我感谢这英明的决策，也感谢使我知道这消息的《人民日报》。"

捧着这一纸薄薄的稿笺，我们都像捧着一团火、一颗赤诚的心！敬爱的冰心老人，报纸的编辑和读者，不是更应该深深地感谢您吗？

胡乔木和《人民日报》副刊

袁 鹰

一

远在全国解放以前,我在上海从事地下工作时,就听说过"南北二乔木"两位党内"大才子"的盛名。"南乔木"——乔冠华,1946年随周恩来同志在中共谈判代表团工作时,我曾经在上海思南路"周公馆"的记者招待会上,在陶行知先生猝然病逝的追悼仪式上,领略过他的风采，其后又在香港出版的进步刊物上读过他署名"乔木"的文章。但是"北乔木"——胡乔木，则是全国解放初期我奉命调到《人民日报》工作后，才有幸结识。虽然在那以前，早已学习过他的权威著作《中国共产党的三十年》，也在1953年第二次全国文代会上聆听过他所做关于"社会主义现实主义文学"的长篇报告。

新中国成立后相当长时间，胡乔木同志受党中央委托，主管《人民日报》工作。1953年年初我刚从上海调到报社，就从老编辑言谈话语中感到他在报社有很高的威信，一说起"乔木同志"，都有点奉若神明。老编辑们经常介绍乔木领导报纸工作的许多逸事。他并不只是抓原则、抓方向，而是具体细致，从社论选题、重要文章的修改，到版面安排、标题设计以至语法修辞、标点符号，都常常过问，不允许有差错。1951年6月，他曾起草过一篇《正确地使用祖国的语言，为语言的纯洁和健康而斗争》的社论，为语言文字问题发表社论，在《人民日报》以至整个中国新闻史上都是绝无仅有的，因而轰动一时，影响深远。他曾到报社向全体人员作过"为办一张没有错误的党报而斗争"的报告，我虽没有赶上听报告，但不免战战兢兢，唯恐工作稍有不慎，在报纸上出现这样那样的错误。

大约1954年上半年，有一个时期，乔木要求报社编委会指派一名编辑每天上午十时到他那里去介绍有关当天报纸情况，听取他对当天报纸的意见，回来在每天下午的编前会上传达。每人轮值两周，每天约一个小时。我是接王若水的班担负这一任务的。第一天去时，若水带我乘坐报社派的悬有特别通行证的专车，驶进中南海西门，直到乔木住所门前，穿过回廊，走入他的办公室。我有点忐忑不安。他让我们坐下，倒了两杯茶。若水介绍我的姓名，介绍是文艺部的。乔木问起我的籍贯，我说是江苏淮安。他随即说："哦，你们那里九中（原江苏省立第九中学）在苏北很出名，你是九中学生吗？"我连忙回答全家1934年就离开淮安，那时我才十岁，没有来得及上九中。他又问我的经历，在哪里入的党，从何处调到报社来的。他的盐城口音同我们淮安话差不多。我一一回答，虽然仍有点拘谨，紧张的心情却渐渐消除。

每天去乔木处的主要任务，实际上是听他对当天报纸的意见。由于我在文艺部，对报纸其他版面的稿件情况（比如经济宣传、国际宣传）并不了解，无从向他汇报。例如有一天他问起一篇经济评论是否经过有关部门看过，他们有些什么意见，我嗫嚅地回答不出来，顿时感到窘迫、愧疚。乔木并未批评我这个"联络员"的失职，只是温和地一笑，接着就说："有关部门领导的意见应该听，特别是事实部分。但是也不一定事事照办。报纸是中央的报纸，不能办成各部的公共汽车。"这是很重要的原则意见，我当天下午在编前会上一字不漏地传达了。有一两天他对报纸的意见不多，就闲谈几句。他知道我在上海生活较久，就问起上海在沦陷时期和解放战争时期的一些旧事，问苏州河水是否比过去清净些了，问"跑狗场"（逸园，现文化广场）现在派什么用处，问复旦大学、暨南大学、大夏大学的现状，我的简略回答未必会使他满意，但我实在佩服他的记忆力，二三十年前的人、事和地名都还记得那么清楚。

二

1956年上半年,经党中央批准,《人民日报》的版面做了一次重大的改革,由原来基本上按苏联《真理报》模式的四个版(后扩充为六个版)扩大为符合中国社会实际和中国报纸传统的八个版。乔木显露出办报行家的才能,几乎领导了改版的全部筹备工作。他原先就常到报社来,那一时期更加频繁,几乎每星期要来一两次。有一天他对文艺部主任林淡秋说,要同文艺部编辑们讨论副刊问题。过去他来报社,大都是找邓拓等领导同志谈话,或者参加编委会的会议,偶尔也找理论部或文艺部负责人到他那里去。到文艺部办公室同全体编辑人员讨论工作,却是破天荒头一回。

那天,乔木坐在我们大办公室唯一的旧长沙发上,林淡秋、袁水拍两位左右陪着。我们都坐在自己的办公桌前,面对着他们三位。他一走进办公室,可能感到气氛过分严肃,就先同大家一一握手,说今天只是同大家见见面,想就副刊怎么办的问题随便交换些意见。然后询问文艺部三个负责人过去编过什么副刊。林淡秋编过《时代日报》的《新文艺》,袁水拍编过《新民晚报》的《夜光杯》,我则短时期编过《联合晚报》的《夕拾》,虽然都是上海地下党领导的或是进步人士创办的报纸,但都是新中国成立前的事了。社会主义时期的党报副刊怎么编,谁也没有经验。乔木对过去的副刊并未做任何评价,显然,我们这些简单的经历,他可能也了解,问一问,只是为了冲淡紧张气氛罢了。

那时没有录音设备,各人的记录详略不一。我一面用心静听,一面又随时准备回答询问,不便只顾低头做笔记,所以结果未能留下一份详尽的文字记录。那天,乔木前后讲了差不多两个小时,娓娓道来,轻声细语,如同话家常,但是给大家留下了较深的印象。他的主要意见就是:副刊同整个报纸一样,要宣传党的政策精神,尤其要作为贯彻"百花齐放、百家争鸣"方针的重要园地,对学术问题和文艺理论问题可以有不同意见乃至争论，不要有一样的声音；提倡文责自负，并不是每一篇文章都代表报纸，更不是代表党中央；副刊稿件的面尽可能地宽广，路子不能太狭仄，要包罗万象；作者队伍尽可能地广泛，去请各方面的人为副刊撰稿；《人民日报》副刊在这方面具有比其他报纸有利的条件，你们要充分利用……他这一番话，为我们的副刊工作定下了基调，帮助编辑人员打开了思路，解除了前几年强调学习《真理报》经验所带来的种种条条框框。后来在很长时期内都成为报社副刊编辑工作的指针。

根据乔木谈话精神，我起草了一份副刊稿约，又经他几次修改补充定稿，在改版第一天（1956年7月1日）的八版刊登。其中第一条"短论、杂文，有文学色彩的短篇政论、社会批评和文学批评"，就是乔木改定的，他特别加上"有文学色彩"五个字。他强调杂文是"副刊的灵魂"，要放在首位，一般情况下都放在头一条位置，还特别提出要批评社会上的种种不良风气和弊病。第二条列了散文，小品，速写，短篇报告，讽刺小品，有文学色彩的游记、日记、书信、回忆（这里他又加

"有文学色彩"字样）。在这些之后，他又增加一条"关于自然现象和生产劳动的小品，关于历史、地理、民俗和其他生活知识的小品"。"除适宜于连载的少数作品以外，一般稿件的篇幅希望在一千字左右。"他是素来主张报纸的文章要"短些，再短些"的。短短一则稿约，勾画了以后多年副刊的基本蓝图。不仅《人民日报》副刊，就是其后陆续创办的许多省市报纸副刊，也都是大体相同的路子。比如一般都将杂文或随笔加花边放在头条位置，这个格局至今未变。

三

乔木对报纸副刊似乎有特殊的感情和兴趣。他对副刊的关注，比起那些原则、方针、精神等抽象的东西，更多的是作者队伍和稿件，那是实实在在的。不是说"政策和策略是党的生命"吗？如果不能具体体现在每一位作者的身上和每一篇稿件上，一切正确的原则和政策岂非都流于空话？

还在副刊筹备初期，乔木就帮助我们细心物色一批批作者，要我们详细开列出名单，弄清确切地址，然后一一登门拜访，至少专函约请，决不能只靠一张打印的简单约稿信。他知道文艺部的编辑接触的作者面有限，所能想到的，无非是文艺界知名人士和中老年作家。而他却把眼光投向文艺圈以外、文化界以外的作者，还有一些当时由于种种缘由被冷落、忽视的人。

比如他提到的李锐、刘祖春、张铁夫等几位的名字，当时我们都很生疏。他们都在党政机关或工农业部门工作。乔木却是了解的，他说这几位在战争年代都是写文章的好手，只是解放后转到新的工作岗位，担任了领导，因而写得少了，但他们有实际工作的经验和感受，一定能写出好的杂文。还有一位曾彦修，当时担任人民出版社的领导，同我们文艺部也不曾打过交道。乔木亲自给他们写信，打电话，邀请他们来报社参加座谈会。这几位同志，毕竟因为工作担子较重，写的文章不多，但仍然为副刊增色。曾彦修用"严秀"笔名写得较多，是一位杰出的杂文家，不过他1957年遭逢厄运，几篇杂文也成了"罪证"。

又如沈从文,新中国成立后相当长一段时间,似乎已经从文坛隐没,在京华冠盖中默默无闻。乔木一再说一定要请他为副刊写散文。沈先生应邀写了一篇《天安门前》,虽然不大像《边城》的风格,但"沈从文"这名字在《人民日报》出现,却引起热烈的回响。乔木还说起张恨水,问我们是否知道他的近况。我们虽然听说张先生仍住在京城,也知道他是写副刊文章的老手,但是脑子里总有"鸳鸯蝴蝶派"那个旧观念的影子,自然也没有考虑去约稿。乔木却一再提到这位老报人、老作家。

他还提到了一些旧北京副刊上能写文章的人,有些名字我们就更加陌生,其中有徐凌霄、徐一士两位。乔木抗日战争前曾在北京求学和工作,可能从当时报纸副刊上对这两位兄弟文人有印象,而我却只在东安市场旧书肆中见过《一士谈荟》等旧籍,作者似乎是民国初年人物,十分久远了。我们按照乔木的意思,辗转探寻这两位老人下落,终无结果,乔木对此总有点憾然。

他也谈到周作人,认为这位"五四"时期的新文学健将,晚节不终,当了文化汉奸,文章却是写得好的,早已刑满出狱,住在北京,可以请他为副刊写稿而不必署真名。我们奉命到八道湾造访,知堂老人应约写了一篇《谈毒草》,说到有些艳丽花草(如夹竹桃)却是有毒的,短短七八百字,仍是旧时风格。"反右"风暴一起,从此在报上销声匿迹。检查副刊时,都知道周作人这位作者是乔木指名去约稿的,总算没有给我"为毒草大开绿灯"的罪名下加一个铁证。

这些作者的来稿,充实了副刊的内容,扩大了作者面,读者是欢迎的。但更重要的是打破了编辑的思想框框,明白了一条道理:贯彻"双百"方针,如果只停留在口头上、理论上,而行动上却仍然带着有色眼镜看人,头脑里还有意无意地设下一个个禁区,不敢越雷池一步,又从何落实?

明白好像是明白些,做起来却并不容易,积重难返,头脑里的条条框框仍然很多,也还有不少顾虑,私心杂念也好,习惯势力也好,总之是"足将进而趑趄",

气候变化时，又会反复，教训也不少，那都是后话了。

四

乔木对副刊工作的指导，常常贯穿于一篇稿件的始终，有时做得比分工主管副刊的副总编辑要细致具体得多。他不单是帮助出题目、找作者，也亲自看稿件，特别是杂文。他素来认为"杂文是副刊的灵魂"，抓副刊工作首先要抓杂文。杂文排出小样送请他审阅，他并不只是画个圈，批个"可发"或"不发"完事。不能用的，他都批上几句，用商量的口吻，说明不发的理由，末了必加上一句"请你们斟酌"。有些他认为可以发而又写得还不甚理想的，就会亲自动手，详细修改，从内容、文字、题目直到标点符号，细琢细磨，花了许多功夫。他从来都用钢笔书写，不用毛笔，也不用圆珠笔和铅笔，字迹清秀，令人赏心悦目。

我手边还保留着这样一份改样：1956年7月报纸改版初期，副刊上刊登了李长路写领导作风问题的杂

文。原题是《宰相肚里好撑船》,比较直露。乔木改为《宰相肚皮》,文字改动得更多,如原文首段是:

> 从古以来,"宰相肚里能撑船"的话成了衡量领导人物的气魄的标尺之一。人民要求身为宰相的"肚里能撑船",就是要有胆量、有气魄,所谓"宽宏大量""礼贤下士""虚己以待物""有容人之量"等,都是这个意思。然而宰相在一国之中,并无几个,所以这标准也就逐渐推及到衡量一般人了。今天不论做什么领导工作的人,我们也一样要求他"肚里能撑船"。我们也还是要提倡气魄宏大、胸襟宽广的作风,反对气量短浅、胸怀狭窄的作风。

这段文字,意思并无差错,但可能有阐述不够清楚、议论有点空泛的毛病,不免会使人产生什么联想和误解。乔木的改文是:

> "宰相肚里能撑船",这句话反映了历来人民对

于领导人物要有大度量的一种愿望,虽然历史上这样的宰相并不多见。今天的时代不同了,人民的事业要求新型的领导者。这种领导者同旧日的宰相当然有很多不同。但是对于今天不论做什么领导工作的人,人民也一样要求他"肚里能撑船",或者更正确些说,人民更有理由要求领导者具有气魄宏大、胸襟宽广的作风,反对气量短浅、胸怀狭窄的作风。

那时候,"影射"或"恶毒攻击"这一类的政治帽子,还不像后来几年那样风行,所以文中虽然一再说到"宰相肚皮"云云,并不曾成为问题,引起某些人神经过敏,胡乱猜测。而乔木在修改中仍然多次用"领导者""领导人物"这些含义明确的名词,以避免可能产生的误解,可见用心良苦。他那时对知识分子也很注意宽容,注意政策和影响。比如文中还有这样的修改:"'百花齐放、百家争鸣'的方针能不能贯彻,在相当大的程度上看文学和学术的领导人有没有大的度量""如果有关的领导不把自己的肚皮放大一些,而且还在继续收缩,使文艺上的'百花'和科学上的'百家'越挤越少,那最后就有只剩下一个挤扁了的空肚皮的危险"。

细微之处,可见精神。类似的事例比比皆是。副刊初创时,郭沫若寄来一篇《发辫的争论》,用诙谐的笔调写"左""右"两派争论发辫长和短哪一种美,哪一种有用。调门越争论越高,"右派"指责对方是"左倾幼稚病患者","左派"则认为对方"犯了右倾保守主义的毛病",最后终无结果。这种写法在当时副刊稿件中很少见,我们没有把握,就排印小样送给乔木。他在小样上批了一句"此文是讽刺无聊的争论,应当发表",还亲自给郭老写了一封信,建议做些文字修改。郭老欣然同意,就使副刊上出现了一篇别具一格的文章。不过他用的是笔名,除我们编辑以外,谁也不知道这篇有趣文章的作者是谁。

五

1960年冬天,乔木寄来一封信,大意是说经济困难时期，物资匮乏，群众生活水平有所降低，不少党员和干部情绪低沉，这种时候，副刊有责任鼓励增强克服困难的信心，提倡乐观积极的精神，帮助人们拥有丰富、健康的精神生活，但也不要说大话，说空话。他具体建议组织一些读书笔记，提倡多读书，多读古今中外的好书，从中获得思想上的教益，也能增长知识，提高文化素养。

这个主意很好，也很适时。那时候我们正在为副刊如何既能办得有声有色又减少假话空话而大费心思。乔木的建议打开了编辑的思路，于是就有了一篇邓拓写的《从借书谈起》（刊于1961年1月23日）。约请当时已离开报社领导岗位调任北京市委书记处书记的邓拓同志写第一篇，也是乔木提出的。邓拓给副刊写杂文随笔一类稿件，从不署真名（他在1957年发表引起许多人注目的《废弃庸人政治》，署名为卜无忌），这篇文章仍用一个笔名。乔木审阅小样时，除做文字修改外，还提出请作者署上真名，用意大约是为增加分量扩大影响吧。邓拓尽管不甚情愿，也只好勉强同意。

这篇短文从袁枚的一篇《黄生借书说》谈起。随园主人因一位黄姓青年来借书而引发一番议论，叙述家境贫困的书生读书之难。帝王和富贵之家藏书无数，"然天子读书者有几？富贵人读书者有几？"为了帮助读者弄清原文寓意，我们在刊出袁枚原文同时，又请陈友琴先生用白话文译意，连同邓拓的文章一起见报。邓拓还发挥了一点意思，乔木在改样上又加以补充："袁枚的文章对于今天的我们仍然有意义，因为它说明了一个真理：占有的多不等于利用的多。事实往往相反，许多几乎一无所有的人常是用心最勤的人。……胜利定然是属于那些条件优越的人吗？困难一定会把有志者压倒吗？不！为了优越的条件而自满，而骄傲，最终只能引导到失败。胜利是永远属于那些在困难面前不但不低头，反而发愤图强的人们的。"这一段从黄生借书这件小事引出当时很有针对性的微言大义，可以说是邓、胡二位共同阐发的。他们的心意，在一张改样上沟通了。

1963年春夏之交，《新湖南报》上的两条新闻，触发了乔木的思绪。那些年他虽然忙于文字工作，但绝大多数是为中央起草文件、审订《毛泽东选集》四卷的文字和注释，审改《人民日报》重要的社论和评论，自己执笔写文章而且公开发表的事几乎绝无仅有。6月下旬，我突然收到他寄来的两篇杂文：《湖南农村中的一条新闻》《湖南农村的又一新闻》，署名都是"白水"——他似乎从来未曾用过这个笔名，以后也未见再用。

两篇一千多字的杂文，讲了湖南农村的两件新事。一件是一位农村干部母亲死了，用开追悼会代替做道场，党支部和党员带头改变旧的风俗习惯；另一件是一家农户失火，民兵干部组织全体民兵利用农事空隙义务为他修了新屋。两件事情都不大，却都闪耀着一种新思想、新观念的可贵的光辉——共产主义的光辉。乔木敏锐地抓住现实生活中特别是精神生活中新的萌芽，及时加以表彰。前一件事，他指出"是一件移风易俗的大事，值得在全国所有的农村和城镇中提倡"。他说："党支部书记不可能主持每一个追悼会，但是党的支部的确必须努力改革人民群众有关丧葬婚嫁等风俗习惯，在生活的各个角落里扫除形形色色的垃圾，消灭形形色色的细菌，让社会主义和共产主义的精神生长起来。"后一件事本是民兵帮助群众解决困难，做好事。但因为是义务劳动，又值批评和纠正了刮"共产风""一平二调"之后，乔木不得不花点心思在社会主义分配原则和共产主义思想精神的关系上多说几句，以澄清人们可能产生的误解，因而这篇文章的字数就比前一篇长了些，近两千字。

邓拓的那篇《从借书谈起》打了头炮，以后就陆续发表类似的稿件，附上原文。文章大多引古喻今，借题发挥，或阐明调查研究之重要，或表彰克服环境困难之毅力，或揭示官僚主义、主观主义之危害，或剖析防止片面性之必要，等等。乔木又动手写杂文，因而那几年的副刊，虽然免不了要受到"念念不忘阶级斗争"大风潮的波及，不如50年代中期那样有声有色，但从杂文来说，还是很有点气势，也常出现些高质量的作品。1962年又有夏衍、廖沫沙、吴晗、唐弢、孟超等五位老作家共同开辟的《长短录》杂文随笔专栏,带动了一大批谈思想修养、革命精神、道德品质、文化知识的好文章,在读者中得到良好的反应。

然而,好景不长。"左"的思潮日益猖獗,副刊也就渐渐面目全非。待到"文革"恶风从天而降,上述文章全都被扣上"借古讽今""影射现实""恶毒攻击社会主义"的吓人帽子,最轻的也是"贩卖封资修黑货"。那时乔木自己也是处在风雨飘摇之中,无从充当副刊的保护神了。

六

1966年12月下旬某一天,报社大楼忽然人声鼎沸,刮起"揪斗胡乔木"的暴风。北京王府井大街上的报社大楼,十多年来乔木不知来过多少次,这一回却是以囚犯身份出现在礼堂讲台上。揪斗大会声势很是浩大,吴冷西、胡绩伟等报社主要领导人,自然无一例外地分列左右上台陪斗,我们这一批部门的"当权派",也都列队站在台前，低头面对会场。

乔木那天不知从哪里找来一件旧棉大衣罩在身上，本来就瘦弱的身躯显得更加憔悴，好像正在生一场大病。但是他的神情却还是一如平日那样从容镇静。主持大会的"造反派"大声呵责，忽而要他交代"胆敢篡改伟大领袖光辉著作的罪行"，忽而要他交代"庐山会议上的反党阴谋"，他一概都是轻声细语地回答并无此事，或者说一句"这事涉及党中央和毛主席，不便多说"，态度从容，不卑不亢。"造反派"勒令吴冷西、胡绩伟揭发交代时，吴、胡二位也都一言不发，或者轻描淡写敷衍几句了事。"造反好汉们"无可奈何，只好鼓动全场高呼几句"不许胡乔木狡辩""谁反对毛主席就打倒谁"之类的口号，草草收场。等乔木被押上车送走，我们这些陪斗者也就分散回家。这次批斗大会实际上以失败告终。

以后十年，消息沉沉，这位曾经当过毛泽东主席秘书的"党内大秀才"是死是活，是遭受磨难还是得到保护，都无从知晓。1975年邓小平同志复出时，曾经听说他曾在"政策研究室"工作，后来又无下文。直到粉碎"四人帮"的下一年，在看一次演出时，忽然发现乔木就坐在我前一排，体质看起来不如过去，神情却依然那样安静从容。这使我感到欣然。交谈中，他听说我仍在报社，又编副刊，就微笑着点点头。那时副刊有个名称叫《战地》。他忽然问："'战地'两个字是谁写的？"我答："用的是毛主席'战地黄花分外香'那句诗里的手迹。"他"哦"了一声，沉默了一会儿，又说："其实也不一定用'战地'两个字，还可以想个好一点的。"我回来同部里同志商量，也都觉得"战地"二字不妥，有"文革"味，决定取消。过了一段日子，改名《大地》，一直用到现在。

新时期开始，乔木先是担任中央书记处书记，后来又担任中央政治局委员，还兼任中国社会科学院院长和中央其他一些机构的负责人，成为主管意识形态领域的权威人物，到报社来的次数少了，报社领导也还不时传来他对报纸的指示。他仍然时常关注副刊，如果看到副刊上某些稿件有差错，或是他认为有"问题"，仍然如过去一样,来信或来电话指出。有时口气也很严峻,每到这种时候,我作为文艺部负责人,只能像以往那样,写封信去做自我批评,承担责任,免得有关部门再追查作者和编者。多年来,他对副刊的要求、建议和批评,有些具体意见,也还有可以商榷之处,但是平心而论,他的高瞻远瞩、胸怀大局而又认真细心、一丝不苟,他对作者(尤其是党外知识分子)的尊重和宽容态度,都给了我们许多教益。(80年代中他以中央政治局委员之尊,竟然越过文化部党组织到老作家吴祖光家中登门"劝告"吴退党因而传遍文化界事,是绝无仅有而又极不正常的一次)经他审改的大样小样,闪烁着他的睿智和文采,在我的记忆中,除周扬、夏衍等少数同志外,还很少见到。从此以后,恐怕都将成为广陵绝响了。

七

郭老当年有诗赞誉陈毅元帅:"百战天南一柱身,将军本色是诗人。"我觉得似乎也可以套用送给乔木。

他是政治家、理论家、宣传家、史学家，然而，"先生本色是诗人"，或者说，他具有不少诗人的本色。他少年时代在扬州中学（江苏省立八中）就以才华出众博得神童的美誉，初中时由于写了一篇《送高二同学赴杭州参观序》被教师嘉奖而闻名全校。考入清华大学虽然攻读物理系，但对文学却一直有浓厚的兴趣和较深的造诣。只是长年的革命斗争、政治活动、党务工作和宣传部门的领导工作，使他没有多少余暇显露诗人的才华。直到60年代以后，他才偶尔在报纸上发表一些诗词。

如果说前面提到的两篇杂文（以及差不多那一时期他用"赤子"署名的几则国际题材的杂文）都还是有感于时事而发的文章，他的诗词就纯属抒怀遣兴之作了。1964年年底，他寄来的十六首词（刊登于1965年元旦），是他最早公开而集中发表的诗词作品。虽是旧形式，却都是新内容，按当时说法，都是"重大题材"。如写国庆十五周年，写我国第一颗原子弹爆炸，等等。七首《水龙吟》，更是高屋建瓴，气势磅礴，畅写中国革命业绩和国际斗争形势，运用的却仍然都是文学语言，比喻的也仍然是诗词典故，并非写成政治诗、口号诗。比如："星星火种东传，燎原此日光霄壤。""边寨惊烽，萧墙掣电，岁寒知友。""举头西北浮云，回黄转绿知多少。当年瑶圃，穴穿狐兔，可怜芳草。""涸辙今看枯鲋，定谁知明朝魴鲂。膏肓病重，新汤旧药，怎堪多煮？恨别弓惊，吞声树倒，相呼旧侣。"这类词句，不仅铸辞炼字，极有讲究，而且古为今用，赋予了丰富的内涵和深远的意境。他写旧体诗词，不像郭沫若、陈毅诸位那样随意挥洒，兴到落笔，无拘无束，而是严谨地按照传统的格律和规范，很少不是循规蹈矩的。因而这组词一发表，就引起文坛注目，许多人似乎第一次认识了诗人胡乔木，而对他十几年前写过的散文《悼望舒》的印象可能已经淡忘了。

那年9月，他又寄来《诗词二十六首》（刊登于1965年9月29日《人民日报》）。这一次数量更多，题材范围更广，也就让读者更多地领略、感受到诗人的襟怀和情愫。作者不只是娴熟地运用古典形式和传统语汇来表达一个革命者的喜怒哀乐，更善于酿造一种全新的意境。其中不少词作，如《念奴娇·重读雷锋日记》《采桑子·反"愁"》《生查子·家书》等，用语自然，清新脱俗，给人耳目一新之感。那年秋天我在京郊房山县农村参加"四清"运动，就曾抄录一首《生查子》送给一位立志回乡务农的中学生："牡丹富贵王，弹指凋尘土。岂是少扶持？不耐风和雨。如此嫩和娇，何足名花数？稻麦不争春，粒粒酬辛苦。"

80年代初期，乔木又陆续寄来一些新诗。他写新诗，也是严格按照30年代现代派诗人们倡导的格律诗形式，而且很注意音节。有一次更在附记中特意写明："近年写了几首新诗——按现代派的观点全算不上诗，至少算不上新诗——每句都是四拍的（每拍两三个字，有时把"的"放在下一拍的起头，拿容易念上句做标准），觉得比较顺手。唯有这里的第三首每句五拍，算是例外。我并不反对其他的体裁，而且也想试试，如果能试成的话。"

新诗如今风起云涌，流派林立。有人说现在写诗的比读诗的还要多,我没有统计,没有发言权。但我不知道现在如乔木那样严肃而又严格地对待自己诗作的人还有多少位。他一贯认真阅读报纸大样小样,一遍遍地字斟句酌、反复推敲的作风,过去在我们编辑部是尽人皆知的。他寄自己的诗文来,必定清楚地表明仅是作者和编者的关系,同寄还送审稿件截然不同。附信上总是谦虚地称它们是习作,用与不用由编辑部决定。1982年7月1日发表的《有所思》四首律诗,在6月中寄来时,信上说明是为七十岁生日而作。这四首诗也可以看作他一生的回顾,"旧辙常惭输折槛,横流敢谢促行舟?""红墙有幸亲风雨,青史何迟辨爱憎"等句,寄意深邃,感慨遥深,能够使人窥见作者心底的一些波澜。如果按过去处理乔木诗文稿件的惯例,一般都是安排在副刊或者文学作品版上。但这组诗作寄来时,我正因手术后在杭州养病,经手的同志可能认为题目比较大,似乎不宜发在副刊上,结果"七一"那天在第二版见报。我估计不是作者本意,因为他写的是"七十述怀"而不是"七一述怀"。等我从杭州回到北京,已经事过境迁,也无从向他说明原委,终成遗憾。

说长道短是舆论的天职

——《长短录》纪事

袁 鹰

1966年5月上旬,我正在北京市郊房山县罗家峪大队做社会主义教育运动("四清"运动)的收尾工作。那时候,"文化大革命"风暴已经轰然而至,批判《海瑞罢官》《燕山夜话》《三家村札记》的文章铺天盖地而来,我们在那个小山村里搞"四清","清"了大半年，找来找去，也找不到一个政治上的"走资本主义道路的当权派"和经济上的"贪污腐化分子"。"四清"没有清出辉煌战果，本已无精打采，每天看报听广播，雷声隐隐，山雨欲来，更被搅得心绪不宁，一心只想快点做完收尾工作好回城去。一天早晨，广播当天一篇《解放军报》的文章，又点了一些作品的名字，其中有一句："《燕山夜话》《三家村札记》以及《长短录》里反党反社会主义毒草，统统要批判"。

我听了不觉一怔：什么？《长短录》里有"反党反社会主义毒草"？这是从何说起？但冷静想想倒也没有惊愕。《长短录》的五位作者，近年来已经接二连三被点名批判，夏衍的《早春二月》《舞台姐妹》被贴上"毒草"标签；另两位作者吴晗、廖沫沙，同邓拓一起在北京市机关刊物《前线》上的《三家村札记》正天天在报纸和广播中被批，火力很猛；还有一位作者孟超，写的历史题材京剧《李慧娘》，也被批为"宣扬鬼戏"。但是，他们合作撰写的《长短录》专栏，只是一批谈思想修养、工作作风、学习方法、为人处世的杂文随笔，

— 210 —

怎么一下子就成为"反党反社会主义毒草"呢?

大喇叭广播全村都听到了。分散住在生产队社员家的"四清"工作队员当然也都听到了。来自报社的几位同志都来问我是怎么一回事,我只能苦笑回答:我也弄得稀里糊涂,《解放军报》说它是"毒草",想来必有根据,只好等到回北京再说吧。晚上在炕上翻来覆去睡不着,于是将《长短录》的始末细细想了一遍。

缘起和经过

1962年1月底,扩大的中央工作会议(即七千人大会)上,毛泽东主席发表重要讲话,提倡恢复党的实事求是传统和民主集中制。党中央总结了新中国成立十二年来社会主义建设和党内生活中的经验教训,领导全国人民发愤图强、艰苦奋斗地加快社会主义建设的步伐,各条战线都出现了一种生动活泼的新局面。周恩来总理对文艺界做了几次重要讲话,提倡破除迷信,解放思想,强调要重视艺术规律和文艺民主。他的讲话像一阵和煦的春风,温暖了人们的心田。在这阵春风里,思想文化战线上的不少人士,在调查研究、总结经验的基础上研究一些问题,发表自己的意见,互相讨论,互相学习,克服"左"倾思想的干扰,探索各项工作的规律性。报纸和刊物上,生动活泼的文章和议论逐渐增多。在此以前,邓拓的《燕山夜话》1961年开始在《北京晚报》同读者见面,遵照"百花齐放、百家争鸣"方针,以提倡读书、丰富知识、开阔眼界、振奋精神为宗旨,创造了一种杂文随笔专栏形式。其后,邓拓又同吴晗、廖沫沙两位合作,在《前线》杂志上开辟了类似的专栏《三家村札记》。这些杂文随笔,反映了60年代初期渐趋生动活泼的政治形势。

这种形势鼓舞着我们,读者也要求报纸副刊能及时反映这种形势。为了适应广大读者进一步活跃思想的普遍愿望,就考虑约请几位杂文作者合作在《人民日报》副刊开辟一个专栏。我们首先想到的便是夏衍等同志。人们熟知,夏衍不仅是著名的文学家、剧作家,也是新闻战线上有丰富斗争经验的前辈,优秀的政治家和杂文家,抗日战争时期他先后主持过《救亡日报》、重庆《新华日报》和香港《华商报》工作,写过大量的政论、时评和杂文。其次又想到吴晗同志,他不仅是久负盛誉的历史学家,也是一位文学家和杂文家;他在解放前写了大量杂文,后来编成一本《投枪集》;他用读书札记形式写的杂文也别开生面,继承和发扬了我国文学史上笔记小品的传统。其他三位廖沫沙、唐弢和孟超同志,也都是多年来一直关心和支持报纸副刊工作的杂文家。孟超同志40年代在桂林办刊物,是杂文刊物《野草》的经常撰稿人,曾经出版过杂文集《长夜集》和《未偃集》。廖沫沙同志在抗战期间和解放战争期间以怀湘的笔名写过不少杂文和政论;解放后,以繁星的笔名出版了杂文集《分阴集》;他在1959年1月在我们副刊上发表的《〈师说〉解》,是被许多杂文作者作为范文来学习的。唐弢同志更是一直被公认的专业的老杂文家,从鲁迅先生为他介绍出版第一本杂文集《推背集》算起,数十年来他一直没有放弃杂文写作。可以想象,约请这五位老杂文家合作为一个杂文专栏撰稿,是最理想的人选。记得夏衍同志还曾说过一句"可惜绀弩不在",很感慨于聂绀弩同志正被发配在"北大荒",否则也是很合适的人选。当时这五位都担任着重要的行政职务,但是都欣然同意,在繁忙中抽出业余时间支持党报,完全是出于一种高度的政治责任感。

报社领导很重视这个杂文专栏的创设。编委会专门开会讨论了《长短录》的计划,对夏衍等五位作者的热情支持表示感谢,并且确定了这个专栏的方针。当时的一份书面意见中写明:

> 希望这个专栏在配合进一步贯彻"百花齐放、百家争鸣"方针方面,在表彰先进、匡正时弊、活跃思想、增加知识方面,起更大的作用。

4月中,我们邀请五位作家在四川饭庄小聚,具体地商量专栏的名称和稿件内容,约定不必拟订统一的计划,各自定个署名,各自寄到报社,由编辑部安排见报。

席间谈笑风生，夏衍、吴晗、唐弢的浙江口音，廖沫沙的湖南口音和孟超的山东口音，使气氛更加和谐亲切。正是暮春时节，从饭馆出来分手时，都感到舒适和畅，略感暖意，好一个春风沉醉的晚上。

几天后，夏衍同志就寄来三篇稿件，附信上建议由廖沫沙同志写第一篇"破题"文章，在5月4日开张，一是阐明《长短录》的宗旨，二是使读者知道今后有这么一个专栏。我们接信后立即告知沫沙同志，他果然精心做了"破题"，写了一篇《"长短相较"说》。因为是5月4日见报，他就从五四运动使中国的民主革命发展到了新的阶段，中国无产阶级登上政治舞台这个重大历史发展，谈到中国人民开始学习马克思主义这个科学世界观和方法论，中国革命从此踏上胜利的道路，然后就谈到要学好马克思主义不容易，现在仍然有许多人并没有真正学好辩证唯物主义和历史唯物主义，原因之一，就是教条主义和形式主义。作者从古代哲学家老子的一段话"故有无相生，难易相成，长短相较，高下相倾，言声相和，前后相随"中撷取"长短相较"为题,归结到一切矛盾双方都有相生、相成、相较、相倾、相和、相随这对立而又统一的普遍规律,提倡分析比较、认识客观世界的正确方法,并含有取人之长、补己之短的意义。这篇《长短录》的"题解",虽然充满哲学气味的思辨色彩,不同于一般的杂文随笔那样如行云流水,但是现实的针对性还是很清楚、很精辟的。

夏衍同志寄来的三篇,在5月7日、11日、16日陆续见报。这三篇文章仍是夏公一贯风格,娓娓道来,以小见大,言近旨远,语气平和,尤其头一篇《从点戏说起》当时博得许多读者赞赏,不少作者也纷纷向编辑部打听作者是谁(他们从专栏的气势知道不是一般来稿)。这篇可作为《长短录》代表作的一篇,四年后竟被林彪、江青一伙御用刀笔吏们诬为"毒草",夏公也为此吃了苦头。这是后话,容下面再表。为了让今天的读者看到这篇精彩的杂文,先全文援引如下:

从点戏说起

黄　似

从广播里听了相声《关公战秦琼》的故事，忽然想起另一件事来。这件事出在《红楼梦》第十八回，同样是点戏，却表现出点戏者与被点者之间的不同的态度，也许可以说是不同的风格。

"……贾蔷急将锦册呈上，并十二个花名单子。少时，太监出来，只点了四出戏……刚演完了，一太监执一金盘糕点之属进来，问：'谁是龄官？'贾蔷便知是赐龄官之物，喜得忙接了，命龄官叩头。太监又道：'贵妃有谕，说"龄官极好，再作两出戏，不拘那两出就是了"。'贾蔷忙答应了，因命龄官作《游园》《惊梦》二出，龄官自为此二出原非本角之戏，执意不作，定要作《相约》《相骂》二出。贾蔷扭她不过，只得依她作了。贾妃甚喜，命'不可难为了这女孩子，好生练习'，额外赏了……金银锞子、食物之类……"

这里，点戏者贾元春，是皇帝的宠妃，地位当然要比韩复榘的老太爷（侯宝林相声《关公战秦琼》里的主要人物——引者注）高得多了；贾蔷是戏提调之类，但他也算是贾门子弟；而龄官，却只不过是从苏州"采买"了来的小女伶，论身份，是连人身自由也没有的奴隶。可是，这三个人在这里都表现得很有特点。元春认为龄官的戏演得好，加点两出，但是并不强人之难，只说"再作两出戏，不拘那两出就是了"。贾蔷看来并不内行，而且也还有点主观主义，所以就"命"龄官作《游园》《惊梦》，而龄官却颇有一点艺术家脾气（当然，也可以解释作是对贾蔷的拿腔作势），坚持不演"非本角之戏"，贾蔷"扭她不过"，也许还有别的原因，但是他并不一朝权在手，便把令来行，总比韩复榘的副官通情达理得多了。龄官很有主见地演了自己的对工戏，而贾妃则不仅"甚喜"，而且还给了"不可难为了这女孩子，好生练习"的鼓励。

点戏者、戏提调和演戏者之间的矛盾，看来是很难避免的，问题只在于如何妥善地处理。处理得好，看戏的满意，演戏的高兴，戏提调也可以顺利完成任务，上下两不得罪；处理得不好，那么正如韩复榘的老太爷点《关公战秦琼》一样，不仅演戏者受罪，戏提调为难，而点戏者呢，也适足以暴露出他的狭窄、专横和无知而已。曹雪芹笔下的元春的性格是可爱的。她欣赏龄官的艺术，加点了两出戏，但是她并不下死命令，只是说"不拘那两出就是了"，欣赏演员的艺术而加点两出，又特别指出"不拘"，这中间就不仅有鼓励，而且还有了爱护和尊重的意思，从这里可以看出，这个点戏的人是有气度而又有教养的。贾蔷为了卖好，也许为了表现自己的教习有功，也许是为了要让龄官露一手，可是这一下就表现了他的主观和不了解演员的特长和性格。至于龄官，那就刻画得更可爱了，她敢于在皇帝的宠妃面前"执意不作""非本角之戏"，而"定要"演自己对工的戏，这种有主见而又敢于坚持的风格，是难能可贵的。

贾元春点戏只是《红楼梦》中的一个小小的插曲，但是我觉得这插曲很值得我们深思。

《长短录》从1962年5月4日开始同读者见面，几位作者写得都得心应手。这种专栏形式，也被不少兄弟报纸的副刊同行借鉴，先后出现类似的杂文随笔专栏，如山东有《历下漫话》，四川有《巴山夜话》，云南有《滇云漫谭》等，也算是一时风气吧。到了1962年秋天，随着最高领导人忽然发出"念念不忘阶级斗争""阶级斗争要年年讲、月月讲"的号召，又传来什么"利用小说反党是一大发明"的断言，顿时霜天晓角，飒飒西风，作者们下笔便不那么挥洒自如了。到同年12月8日发表了孟超的《美国钢盔与生产工具》之后，就无以为继，从5月到12月，七个月共发了三十六篇：

夏衍（黄似）九篇：《从点戏说起》《草木虫鱼之类》《也谈戏剧语言》《联想》《难忘的日子》《文章是写给别人看的》《"教子篇"补》《历史剧的题材》

《力与巧》。

廖沫沙（文益谦）七篇：《"长短相较"说》《小学生练字》《还是小学生练字》《郑板桥的两封家书》《从"扁地球协会"想起》《跑龙套为先》《药也会变么？》。

吴晗（章白）五篇：《争鸣的风度》《谈写文章》《论不同学科的协作》《戚继光练兵》《反对"花法"》。

孟超（陈波）十三篇：《为话剧青年一代祝福》《张献忠不杀人辩》《一代诗史当镗吹》《白蚁宫的秘密》《甘为孺子牛》《漫谈聊天》《何必讲"打"》《陈老莲学画》《谈"质"与"文"》《谈从望远镜中看人》《读陈亮词旁引》《枫叶礼赞》《美国钢盔与生产工具》。

唐弢（万一羽）二篇：《"谢本师"》《尾骶骨之类》。

诬蔑演成闹剧

我们"四清"工作组于1966年5月下旬离开罗家峪大队撤回北京时，已是满城风雨、电闪雷鸣。我一回到报社大楼，就遇到两件震惊的事：一是邓拓同志自杀，他面对种种无耻的诬蔑和迫害，用生命维护自己作为一名老共产主义者的忠贞和人的尊严清白。二是在我们文艺部办公室里，偶然看到一份文章的清样，题目赫然是《长短录批判》。我赶紧匆匆读了一遍，文章显然尚未定稿，但是口气极其严厉，同当时报纸上批判《燕山夜话》《三家村札记》的调子几乎相同，等于是《解放军报》那篇点名文章的具体化。首先就将《长短录》定为"三十年代文艺黑线"和"三家村反党集团"在《人民日报》开设的一个"反党黑店"，目的是"歌颂资本主义之长，攻击社会主义之短"。其他罪名之多，数不胜数，现在还有些印象的是"用借古讽今、指桑骂槐、旁敲侧击、瞒天过海的阴谋诡计，大干反革命勾当"。当时那几条编辑和写作方针一一被逐条指责："表彰先进"是"表彰各种各样的反党分子，为他们树碑立传"；"匡正时弊"是"矛头指向党中央"，是"向党进攻"，要"匡正毛主席革命路线"；"活跃思想"是"矛头针对伟大的毛泽东思想"，要"传播反动的封建主义思想、资本主义思想和修正主义思想";"增加知识"更是"散布形形色色的反动腐朽的封建主义、资本主义、修正主义知识，毒害人民群众和青年"。报纸副刊请几位固定作者共同负责一个专栏被指斥为"报社内外反党反社会主义分子相结合"，正常的编辑工作是"内外勾结，为反党分子大开绿灯的阴谋活动"。看到此处，我不免心惊肉跳，这两句话已经将《长短录》五位作者和支持它的报社领导以及我们文艺部具体负责的编辑人员，统统戴上"反党反社会主义分子"大帽子了。不过不知为什么，这篇杀气腾腾的"妙文"一直没有见报，我后来一直懊悔当时不曾在乱中留下一张清样。

5月底，陈伯达带领一批人来夺了人民日报社的权，原报社的各级领导人统统靠边站。陈伯达将总编辑吴冷西、副总编辑胡绩伟和另一位副总编辑及党委书记定为报社"反党反社会主义"的"四大家族"，对他们的批斗随即开始。有一次批斗会上，"造反派"将《长短录》作为"炮弹"，进行轰击。吴、胡二人站在台边，面向会场。主持大会的人声色俱厉地要他们交代炮制

《长短录》进行反党活动的阴谋。

吴冷西不紧不慢地回答:"那个时期副刊杂文比较少,文艺部同志有个打算,请几位老作家共同写一个杂文专栏,可以保证数量和质量,编委会同意他们的想法……"

这算什么交代?"造反派"立即打断,不许他说下去。于是转而质问胡绩伟,要他老实交代是如何利用《长短录》恶毒攻击江青的。

胡绩伟抬起头眨眨眼睛:"哪有这样的事哟!"

台上台下一时沉默,不知下面怎么进行,只见会场上有一位突然腾地从座位上站起来,以高八度的音调大声说:"同志们,他们攻击江青同志是皇帝的宠妃!真是恶毒之至!"

会场仍然沉默,大多数人都不明白"皇帝的宠妃"的由来,在那样紧张的场合,站在台上的吴、胡二位是不是立即会想起是怎么回事,恐怕也难说。经手《长短录》具体编辑工作的姜德明和我,倒是听明白这五个字的出处就是《从点戏谈起》那篇文章,但是突如其来的一炮,我们一时思想也跟不上:批斗者何以认定写贾元春就是"攻击江青"?怎么能将江青比作"皇帝的宠妃"?这么说,将伟大领袖置于何地?实在岂有此理。再说,文章中写贾元春虽是皇妃,却尊重小女伶,不摆皇妃架子,明明是赞扬她,把她当作正面形象,怎么反成了"恶毒攻击"?可见这些枪手连文章都没有读懂,只看到"皇帝的宠妃"五个字,便浮想联翩,如获至宝,拿来就放,以为具有巨大威力,足以将对手置于死地,不料竟成了哑炮。

这一炮没有打响,会场上另一位又站起来放了一炮:"他们胆敢诬蔑我们党中央是扁地球协会!"

这颗炮弹具有学术性,却毫无杀伤力,会场上大约全都不知道所谓"扁地球协会"是个什么玩意儿。我旁边就有两位女同志低声嘀咕:"什么扁地球协会?没听说过。"原来这是《长短录》中廖沫沙的一篇《从"扁地球协会"想起》。说的是英国伦敦有一个叫"扁地球协会"的团体,只有二十四名会员,这个小团体坚信人类栖息的地球是"又扁又平的"。他们并不是迷信的巫师或执着的宗教徒，而是自以为是科学家的一群人，不过他们生在现代，却坚信两千多年以前的"天圆地方"学说。作者引用了马克思、恩格斯的话，批评了资产阶级即使到了20世纪，不仅在自然科学上居然还有"扁地球之类"完全违反科学的东西，而且在社会制度和社会生活中也仍有殖民主义、种族歧视、奴隶买卖等数不尽的"已死的先辈们的传统"，因而希望我们今天不应该在社会生活中对抗一切新的事物。这么一篇既有思想又生动有趣的文章，怎么变成了"诬蔑党中央"？简直是风马牛不相及。这个"扁地球协会"自然同"皇帝的宠妃"一样成了哑炮。

这场原来指望很精彩的戏，竟演成观众没有反应、更不用说喝彩的闹剧，只好在一阵"谁顽抗到底死路一条"之类的口号中落幕。夏衍同志在对他的批斗会中不免也遭遇到类似的斥责，结果当然地都是不了了之，所以他后来在文章中说到此事时，轻描淡写地提了一句"这是很滑稽的事"。

但是，事情远没有到此结束。七八年后，江青一伙打着"批林批孔批周公"旗号又一次掀起迫害老干部和知识分子恶潮时,他们在人民日报社的爪牙们,对住在煤渣胡同宿舍常在一起读书、喝酒、听京戏唱片,也议论些时事的老干部们又一次施行打击,给他们头上加了一顶别出心裁的帽子,叫作"长短录俱乐部","长短录"竟成了邪恶的代名词,真是"文革"中又一项奇闻。一切玩弄阴谋诡计与人民为敌的人,都害怕杂文这个犀利的文学武器,如鲁迅所说,"投一光辉,可使伏在大纛荫下的群魔嘴脸毕现",实在足以使这帮丑类胆寒的。林彪、江青一伙把持《人民日报》时期,姚文元便明令禁止发表杂文,只许登那种"最最最"的颂诗和吹捧八个样板戏的文章。"四人帮"被打倒后,我们还常常收到不相识的作者和读者寄来的申诉信,诉说当年由于写一篇杂文,甚至赞赏一篇杂文就遭到打击迫害的经历,可见十年的极左路线危害之深!

十八年后的感言

1980年2月,人民日报出版社将《长短录》结集出版,也算是为这个曾经横遭诬陷的专栏恢复名誉吧。出书之前,我们请劫后余生的作者写点"感言""札记"之类,夏衍同志因工作忙无暇执笔,廖沫沙、唐弢两位都写了感言。

廖沫沙同志仍然是一贯严谨的思辨文风,他回顾了当年写《"长短相较"说》时候的心境和思想线索,讲了他这些年用辩证法观察世界的心得之后,写了这么几段话:

> 现在我对辩证法的理解,总算比十七年前又前进了一步,特别是对于事物的对立着的双方,依一定的条件必然要互相转化,我都亲眼看到、亲身尝试了。对于这一点,现在有了更深切的实际的感受,因此也认识得更深刻。

> 我忽然想到,近年来在马克思主义哲学的学习

中，有相当一部分人，对马克思主义辩证法的主要规律并不全部了然，或者只有片面的理解，即使口头上也挂着辩证法词句，却往往理论不能见之于实践，甚至言与行相违反。林彪、"四人帮"的唯心论和形而上学，可以说就是在这样的历史条件下猖獗起来的。所以我觉得，把恩格斯讲辩证法的主要规律的一段话，抄在这里是很有必要的。

"辩证法是关于普遍联系的科学。主要规律：量和质的转化——两极对立的相互渗透和它们达到极端时的相互转化——由矛盾引起的发展，或否定的否定——发展的螺旋形式。"（恩格斯《自然辩证法·总计划草案》）

……我是在要求读者（当然也包括我自己在内——我现在也是这本书的读者之一），无论是对《长短录》本身的文字、内容和它所遭逢的命运，无论是对它今天的出版成书或十七年来客观世界的风云变化，只有运用对立统一规律亦即辩证法，才能够得到较为正确的认识、较为正确的解释和说明。至于对我自己十七年来的遭逢、际遇、耳闻、目睹、身受的一切，我不过是把它看作我学习辩证法的又一进程而已。因此我把这篇"感言"，题名为：《我又学到一点辩证法》。

唐弢同志的《实事求是——我们的为人道德》一文的开始，说了这么一件事：

> 大概是一九七五年吧，有人告诉我，夏衍同志已经回到自己的家里。我想约个时间去看他。过了几天，他的女儿沈宁来访，说是夏衍同志的意思，我的身体不好，暂时可以不必去。沈宁同志劈头第一句话，就是：
>
> "爸爸说，关于《长短录》的事，对你很抱歉！"
>
> 十年以来，我第一次听人说表示抱歉的话，出乎意料的是，偏偏说这话的是夏衍同志——他不需要向我抱歉什么。又偏偏是为《长短录》而发——说起《长短录》，惭愧得很，虽承夏衍同志指名要

我参加，而且除他本人之外，其余吴晗、廖沫沙、孟超三位，又都是我素所钦佩的在杂文写作上各具风格的作家；可惜我那时住在西郊，忙于编写教材，只用"万一羽"笔名，发表了两篇文章，是五人中写得最少和最不称职的一个。因此，如果真要抱歉的话，就应当由我先向夏衍同志、先向《长短录》表示抱歉了。

《长短录》三十六篇文章，后人自可做各种评价，无论怎么说，林彪、江青的御用打手们加在文章上的一大堆帽子是一顶也戴不上的。人们倒是能够感受到作者们对国家、民族的忧患，对社会主义的热爱，对人民喜怒哀乐的关怀。至于对亲眼看到、亲身体会到的时弊，作者们虽然做了嘲讽和解剖，但又都是与人为善和实事求是的。今天读来，仍能深切地感到作者们期望切实改正我们思想、工作、作风中的缺点错误的拳拳心意。说长道短，本来就应该是舆论的天职，是舆论为社会、为国家、为广大读者应尽的责任。即便是议论了、介绍了资本主义国家的长处,只要是对我们建设社会主义有用的,为了人民群众的根本利益,作为参考和借鉴,"他山之石,可以攻玉",从中得到启发、得到教益,为什么不可以呢?同样,对于建设社会主义过程中的时弊、工作中的缺点错误,即所谓的"社会主义之短",指出来"道"一"道",针砭一下,引起重视和警惕,从而积极采取措施,切实加以改正,不是更加应该吗?如果从上到下,大家沉醉于虚假夸大的成就,闭眼不看民生疾苦,闭口不谈国家艰难,不听老百姓的不满和要求,养成一片颂扬捧场之声,满足于莺歌燕舞的升平气氛,那才真是危险不过的事。杂文写成那样,就是说假话,不负责任;报纸办成那样,作为党的耳目、人民的喉舌,那不就是严重的失职吗?

又是二十五年过去,今天再回首四十年前,如梦如烟,却又历历在目。五位作者,吴晗和孟超两位在"十年动乱"中惨遭迫害致死。另三位,也是历经劫难之后,近十年中先后远去。他们都曾为我国现代文化事业呕心沥血,做出杰出的贡献,留下了丰富的文化遗产,也为后人树立了文化战士的楷模,《长短录》只是他们丰功伟绩中极小的一部分。作为幸存者,我怀着对五位逝去前辈缅怀之忱,尽力向今天的读者还《长短录》的本来面目。

一个理想的实验

—— 四个半月副刊编辑的回味

臧克家

常常想,如果有机会自己来主编一个刊物,一定要严格地遵守以下的几条:

首先,要打破宗派的成见。成见是一个窄门,往往把好的东西关在门外。只要是本着"艺术良心"制作出来的,有真实价值,有时代意义,有正义感和斗争精神的作品，一概欢迎。

其次，不问有名无名，只问作品好不好。名家作品也有粗糙的，无名的作家也有杰出者。然而，也不能降格以求无名作家的作品，就像不能放手滥用有名作家的稿子一样。

在自己的刊物上少刊自己的东西，把地盘公开给别人，就是刊用自己的文章，也不一定要排在后边，表示一点谦逊。而且，不一定把编者的名字大字排出来——当然，在某些必要的情况下非出名不可的时候，那又当别论了。

破费时间读稿子。因为投稿者花许多心血写成的东西，以"求售"的心投出去，像投出一个希望。如果编辑人看也不看地让它积压起来，那太对不住人也对不住自己了。新作家全是选拔出来的，当你发现一个好东西的时候，兴奋得都要跳起来了，好似心和心打通了那么快乐。就是不合用的稿子，也应该在上面写出自己的意见，叫作者折服，而不灰心。

式样要朴素大方，校对要认真不苟，把一个标点也要安排在最美的一点上,稿费按时发,出版不脱期。……

这是我的一个理想,我曾把它表现在一篇题名《介绍一个诗刊》的短文里,文章发表不久,竟有人投了稿子来,以为我真的在办这么一个刊物,其实是"意图者,无是图也,写之如此云尔"。

去年(今天,可以说是去年了)8月,我给《侨声报》主编《星河》和《学诗》两个副刊,前者是全版,后者是八开。这可有了机会给我"实验"很久以来的那个理想了。这虽是一家无名小报,但我也用了全力去编它,约了各方面的朋友帮忙写稿,每天总有几份投稿从邮差手里接过来。成都、重庆、香港、北平、天津、桂林、台湾等的许多前辈和朋友都源源地有稿子写来,一直到现在,还积压在我的抽屉里等有机会刊出来。

可是理想和现实之间的距离总是那么远!

第一,错字有时多得看不清文句,甚至给"臧"云远先生的头上加一顶"草帽"。第二,稿费,第一个月还好,以后就随着时间越拖越久了。10月份的稿费清单,至今还没有兑现。在我,这是一个很重的精神负担!

因为这些副刊没能够给报馆挣钱来，于是，五天之内，我接到了三道"谕"令：第一道是缩小篇幅一律改为六开；第二道是稿费一律减低为三千至五千；第三道是副刊一律取消。

回想这四个半月的"实验"，有欢喜，有欷疚，更多的是愤慨。

（1947 年 1 月 1 日《申报·春秋》）

我和长篇连载

张恨水

报纸长篇连载小说这种形式,早在民国初年就出现了,可以说是中国报刊的一种传统。我在新中国成立前40多年中写了100多部小说,都是以长篇连载的形式在报纸上发表的。

第一个在报上写长篇连载的是陈慎言,他的头一篇小说的题目是《说不得》,揭露旧社会黑暗的。后来我也开始写起来,我的头一部长篇连载小说是《啼笑因缘》，发表在《新闻报》的副刊《快活林》上。那时这种小说很容易写，也很容易发表，送去编辑并不修改，原样照登，不大管质量。小说的稿费很低，尽管我写得很多，但专靠这笔收入是养不活自己的。我的主要职业是做新闻记者，写小说不过是性之所好。做记者可以到处跑，这使我收集到不少写作材料。

我常常是同时给几家报纸写小说，大约有十年时间，从未间断，每天至少写5000字，最多时一天写过10000字。在创作以前，一部小说的轮廓和大致的情节，都是预先想好的。我的桌上玻璃板底下有几张表，列好了正在连载的几篇小说的写作提纲，每天就根据提纲给各篇小说续一段，每段约500字、1000字不等，随写随登。最多的时候，我曾同时写七篇小说。例如，给《世界晚报》写的《春明外史》，我就赶在太阳将欲下山还未下山的时候写出来；《金粉世家》在《世界日报》连载，每天早上要，我就在先一天晚上写出来。通常我总是在早上到中午写2000多字，下午到晚上写2000多字。

写长篇连载,除采取每天写一段这个办法外,也可以把一回写全,再寄给报社。我写《啼笑因缘》是写好一回后寄到上海去的,每回5000字左右。每天写一段,有时故事写得不严密,连贯性差,一回一回写,就好些,并且可以多推敲一下。

专为报纸写的长篇连载和一般的长篇不同,它每天给读者看一小段。这就要求每一段结尾的地方,必须有个关子,才能引起读者想要看下一段的兴趣。卖关子的方法很多,比方说,这一段写到最后收尾的时候,你说某人明天要去干什么,读者就会想要知道某人明天去干什么,一定要继续看下去的。有时候可以声东击西,如说某人要到北京去,读者以为他要去北京,而我最后却让他去武汉;有时也可以用虚笔,说某地要发生战争,但事实上并没有发生。这样就能抓住读者读下去。这种方法现在当然不一定能用,但是报纸上的长篇连载应该想各种办法抓住读者读下去。还有时候写到那里实在没有什么关子可写,你如果能把文字尽量修饰得美一些,也可以收到同样的效果。章回体小说群众很爱看，我看可以保留这种形式。但旧章回体小说中最后总有一句"欲知后事如何，且听下回分解"，那是从说书人的口头上保存下来的，现在我们就不一定要这个套语了。

我最近写了一部章回体小说《卓文君传》，是为中国新闻社写的。这部书不是边写边登的，但在写作的时候我考虑到了长篇连载的特点，便于报纸分段刊出。现在我正酝酿写一部以解放前的南京为背景的历史小说。

（原载《新闻业务》1962年第5期）

春秋忆旧录

周瘦鹃

好快啊！本报问世以来，已经过了七十五度春秋。要是以人为喻，那么他已是一位七十五岁年高德劭的老先生了。笔者从民国8年（1919年）进馆，侥幸地做了他老人家三十年的老伙伴，在这七十五年一部漫长的生命史中，自己也不知不觉消磨了一大半的岁月。他老人家果然盘根错节地渡过了一重重的难关，而笔者摩挲泪眼，也已饱阅了沧桑。可是，自太平洋大战爆发以来直至胜利以后，笔者在馆中就没有参加过实际的工作，正如《红楼梦》大观园里的妙玉一般，是个槛外人了；然而无论如何，槛外人还是在大观园里的墙圈子里，当然忧患与共、痛痒相关。想当初渡过了惊涛骇浪，好不容易重见光风霁月，这已是一件可庆可贺的事情了；何况他老人家老当益壮，重振家声，不但没一些儿陈铺旧舍之像，反而返老还童，充满着蓬蓬勃勃的朝气。那么我们做老伙伴的，怎么不要欢欣鼓舞地庆祝他七秩晋五的寿辰呢？

《春秋》编者王进珊兄，因笔者是《春秋》的首创，敦嘱叙述一些当年创刊的经过，这又恰似天宝宫人说开元遗事，未免感慨万千了。笔者本已编了十余年的《自由谈》，总算兢兢业业地应付过去；到得民国21年（1932年）秋间，故经理史公量才因要给读者换换口味，特请黎烈文先生来相助为援，去征集些新作家的文章，而仍命笔者负责审阅和编辑的工作，自己本来是个好好先生，什么都无可无不可的，当下奉命唯谨。可是不上几时，来稿往往并不经我过目，就自管自地安排，弄得我尸位素餐，无所事事。于是，不得不知难而退，向史公表示了让贤之意。多承史公念旧情殷，坚留不放，说："《自由谈》既已变了质，不妨再来一个副刊。由你独张一军，努力干去吧！"笔者感激之余，就使出了一股"士为知己者死"的傻气，忙着招兵买马，决计好好地干一下；终于在民国22年（1933年）1月创刊了《春秋》。而《春秋》这个名称，也是和史公屡经商量而决定了的。

笔者编辑副刊，一向取折中态度。凡所采取的文稿，新的一派固然欢迎，旧的一派也并不歧视，总以有意义有趣味为主旨。对于格式的排列、图画的点缀，也力求其美化，所以创刊伊始，关于文字方面，特约程瞻庐先生作《瞻庐随笔》、汪仲贤先生作《上海闲话》，自己也作了《紫罗兰庵谈荟》，轮流地刊在报头下，处于第一档的地位；中央排上一篇短篇小说，那是孙了红先生的《疚心》；底下是一排开一专栏，分《新发明》《小常识》《游于艺》《小园口》《小小说》《小人小志》《风土小识》《世界珍闻》《游丝所至》《儿童的乐园》《妇女的乐园》《笑的总动员》等十二种，每天载刊一种，材料似乎已很充实了。又特约了名画师方雪鸪先生，担任图画上的设计。报头画横的、竖的，时时更换，每一篇文字的上面，还得配上一个小巧的图案。便是小说和专栏的题图，也都是照着含义特地画起来的，因此从表面上看去，自有一种花团锦簇之致。后来短篇小说用腻了，就特约张恨水先生作长篇小说，先后有《东北四连长》、《小西天》、《换巢鸾凤》（此作因八一三战起未刊完）诸作，秦瘦鸥先生也译了一部德菱女士的《御香缥缈录》，在当时都是脍炙人口的。到专栏出腻了，便又专选短小精悍之作若干篇，编成《小春秋》一栏，仿佛一头袋鼠的袋子里怀着小袋鼠一样，怪好玩的！笔者在这里还得提一笔，这几年之间实在得到费寄萍先生的助力不少，至今我们还保持着一份温暖的友情，历久不变。

史公对于副刊似乎特别注意，所以那时笔者常被召唤，商讨一切。他曾笑着对笔者说："你不要小觑了这小小'报屁股'，它对于整个报纸的销数，却是很有关系的。"笔者在他老人家常常督促之下,不敢不勉力从事。如今距史公遇难去世之日,也忽忽十余年了。追忆遗言,为这怆痛!

(1947年9月20日《申报·春秋》)

专辑

我与《人民日报》副刊《大地》的情谊

《人民日报》创刊40周年纪念日（6月15日）即将来临。本报文艺部副刊自1956年7月1日改版以来，已走过32年的路程。这块在"双百"方针的春风吹拂下诞生的文艺大地，虽曾几度遭受风霜雪雨，但终于迎来了改革开放、大地回春、百花盛开的日子。

32年来，广大读者、作者始终关注和支持着《文艺副刊》，副刊也联系或发现了一批又一批的作者，他们与副刊结下了深厚的情谊。有些作家，当他们还是黑发青年时，便是我们的忠诚朋友；如今，他们已雪染双鬓，可对《大地》，仍是那么一往情深！没有老中青作者的辛勤劳作，就没有《大地》的丰硕成果。他们是花朵，是活水，又是园丁和赏花人。我们特辟专栏，请几位作家谈谈"我与副刊的情谊"，算是对社庆40周年和副刊32岁的纪念，也聊表我们对广大作者、读者的感谢之情。

编者

我 感 谢

——《人民日报》创刊40周年感言

冰 心

在《人民日报》创刊四十周年之际，我忍不住从心底向她呼唤出最诚挚的感谢。我感谢《人民日报》文艺部的诸位编辑同志，这四十年来，让我在副刊的版面上，印上许多我当时的欢乐和忧思！

编辑同志回忆说，我在副刊发表过《再到青龙桥》

和《再寄小读者》的头几篇,那都是1958年的事了。我记得在1956年6月我还在《人民日报》上发表过一篇《一个母亲的建议》。

以后的就是1957年的《观舞记》,1958年的《我们这里没有冬天》,1959年《我们把春天吵醒了》,1961年的《樱花赞》等。

但是我最感谢的还是那一篇1987年10月10日写好,直到11月14日才发表的《我请求》。我几乎每天都能得到一两封小读者的来信,都是他们从课本上读到《寄小读者》或《小橘灯》的反响。没想到我得到大读者对我的作品的反响最多的,却是这篇《我请求》!大约有好几十封吧,而且写信人多数不是教师。他们也都同情我的看法。

今年5月22日《人民日报》的一篇署名评论《多一些阳光,多一些透明》,给我平添了许多吐出喉头骨鲠的勇气。千真万确的是:多一分透明度,就多一分凝聚力!也就是文章中所说的"密切领导与群众关系,争取群众为国分忧"。

为了增加透明度，我还想做一次文抄公，其实这些文章和消息在书刊上都已经登过了。

在《教育与职业》杂志今年5月号里有两篇转载，一篇是《重视教育，提高全民族的素质》，另一篇是《制定教师法，提高教师地位和待遇》。

前一篇的文章一开头便说："十三大报告明白指出'百年大计，教育为本'，'必须坚持把发展教育放在突出的战略地位'。……如果今天我们还不痛下决心与狠心，把教育事业落实在行动上而不停留在口号上，那么，报复将在我们的子孙后代，将在二十一世纪。"

后一篇文章内提到"现在浪费现象十分严重。去年教师节时，全国政协政教组邀请农村教师代表座谈时就发出呼吁，把挥霍浪费的钱财节约下来用在教育上……我们近来在报上看到：2500万元建成一个'死厂'，200多台机器设备面临变成废铁的危险……近二三年花外汇3亿美元，进口食品机械3000台（套），其中冰激凌机700多台，雪糕机300多台……有人说我们只看到'冰激凌危机''雪糕危机'，没有看到'教育危机'"。

作者呼吁用十三大精神统一我们的思想，把发展教育放在突出的战略地位。

好了！我终于看到了5月28日《人民日报》上面登出的使全国人民兴奋的消息！就是说：5月27日上午李鹏总理主持召开国务院第六次常务会议，决定停建一批不必要的楼堂馆所，省下的钱将用于教育和改善人民生活。

我感谢这英明的决策，也感谢使我知道这消息的《人民日报》。

（1988年6月30日《人民日报》第8版）

编辑的良知

乐秀良

《大地》编辑同志:

您们好!

欣逢《人民日报》四十华诞,我在锦绣江南的石头城下,向您们致以诚挚的祝贺。

1979年我在中央党校学习时,应约写了《日记何罪》《再谈日记何罪》及《通信自由》等杂文,发表在副刊上。几年来,一共收到几百封读者来信,推动了"日记罪"的平反改正,是《人民日报》文艺部的同志不厌其烦地把一批批来信转来,把一部分申诉刊载在供领导部门参阅的《来信摘编》上,或转给有关地区和单位,使一些蒙冤者得到昭雪。

今年2月21日《新华日报》发表了姚北桦同志为《日记悲欢》一书写的《谢谢编辑》一文,文中说:"除对本书作者的一片感激和敬佩之情外,我以为,还应当谢谢直接、间接为此书的出版做过贡献的有关编辑。"

书中所收的两篇杂文《日记何罪》和《再谈日记何罪》,最初发表于1979年的《人民日报》副刊。当时,"遍于域中"的冤假错案的平反工作刚刚开头,认识不一,阻力重重。在这种情况下,《人民日报》的副刊编辑,敢于公开披露这两篇在某些人看来简直是"冒天下之大不韪"的杂文,确实是需要一股政治勇气的。报刊编辑的可贵之处就在于:根据中央的方针政策,联系当时当地的具体情况和问题,随时做出独立的判断。对的,就坚持,提倡;错的,就反对,批评。立场坚定,态度鲜明。这样,才是急党之所急,急人民之所急,为党和人民分忧解难。我以为，这才是列宁教导我们的报刊的主动精神和党性原则。

从这一意义上，我想再说一遍："谢谢编辑！"

这代表了我，以及许多"日记罪"平反者的心声。以此作为对副刊的一份贺忱。

致礼！

（1988年7月18日《人民日报》第8版）

带来好运

乔 迈

《人民日报》四十岁,没有我的年纪大。但如今我们是忘年交,因为《人民日报》曾经给我带来好运气。

运气好,摔个跟头拾件宝。我没有很摔跟斗,宝贝却到了怀里,都是因为有了《人民日报》。

我开始写报告文学的时候,差不多和《人民日报》现在的年龄一般大,自以为读过大学中文系,下过乡,进过工厂,还在"国际阶级斗争战场"越南北方的炮火中出入过，笔头子不算差，可就是锥在囊中不得脱颖出。我焦躁着，有点像鲁迅先生说的揪着自己的小辫想离开地球。

机遇来了，那是1983年春天，中国作家协会举办了全国四项文学评奖。我的参评作品是报告文学《三门李轶闻》。我有信心又极惶惑。我担心"马太效应"——社会崇尚和偏爱名人却喜欢不公正地对待无名者——会发挥作用。因为我当时除在吉林省小为人知之外几乎完全是个无名小辈。我不甘于这种处境。我认定既然我有幸赶上了一个全民族鼎力奋举的时代，那么这个时代就不应该也不会排斥一个哪怕只有芥末之才可以奉献的人。我极惶惑又极有信心。评奖的进程是保密的，山海关阻断了我们这个边塞之地与京都信息流畅的道路。我只能在朦胧的激动里想象德高望重的评委们庄严的面孔，我想象他们在一大堆参评作品中会不会发现我那篇东西。文章也许是有价值的，但作者是不知名的。他们轻轻地把它放到一边去了，我重重地叹了口气。我不再企望得到什么，转而继续去进行我认为对我们这个社会肯定有益的采访和写作。这才是我的事业。事业比名声更有意义也更久远。

但是北京来了电话。人生多么古怪，你想要得到，你反而会失去；你不强求，你反倒会收获。后来，当我和《人民日报》已经成了忘年交的时候，我知道，电话是从位于北京金台西路那座令人神往的大院里发出的，我并且知道了发话人是该报文艺部的编辑。"《三门李轶闻》已经获奖，我们报纸准备转载"——我记得电话里就是这么说的，节奏很快，且带有江南口音，但是我听到了，清清楚楚。我从来没有听到过那般清清楚楚的电话。

《人民日报》的通报早于正式发表评奖结果一个星期，而这个通报连同这次评委们对我那篇作品的评价却将影响此后我的半生。我对新闻机构怎样发布那次评奖消息早已印象模糊，只有那个电话铃声时时清晰地响在耳边。

1983年3月24日，就在中国作家协会四项文学评奖发奖大会举行的时候，《人民日报》以第五版整版篇幅转载了《三门李轶闻》，其时距这篇文章最初发表几近两年。以这样大的版面转载发表时间已如此之长的一篇文学作品，这在这家全国的一张大报的历史上可能是罕见的。它所传达的信号，读者和社会肯定会予以注意。

此后，中共吉林省委发布决定，要求全省党员和干部认真阅读报告文学《三门李轶闻》，稍前些天，中共黑龙江省委也做了类似决定。散漫地分布在东辽河左岸一片大盐碱滩上的三门李村的5位共产党员在农村改革中，始而被群众抛弃，继而自省，靠自己的努力恢复自己的形象，最近重新赢得群众拥护的事迹迅速传播开来。7月，《人民日报》刊登我写的《三门李轶闻》续篇《党员联系户》。10月，根据《三门李轶闻》改编、长影摄制的影片《不该发生的故事》在全国上映，《人民日报》再以整版篇幅刊登评论影片的座谈会纪要。

我的好运气就是这样由《人民日报》首先带来并一再推而进之的。如今，我们国家正处在大发展、大兴旺之前的关键时候，《人民日报》，你年富力强，你血气方刚,你上接庙堂之高,下连江湖之远,举足而轻重见,动辄而天下知,愿你珍重前行,不负众望,大勇大智,力为前驱,给我们国家的所有人,给爱你的所有海内外作者和读者,都带来好运吧!

(1988年6月11日《人民日报》第8版)

文友之间

孙 犁

××同志：

前后两信都收到了。这一程子，我一直准备搬家。最近已经到了关键时刻，忙乱得不可开交。我在云游中，度过了前半生。那些年，每当早晨起步的时候，从来不考虑晚上睡在谁家的炕上。现在老了，想的是安静二字，这在当前，又谈何容易！

得知贵报四十年大庆，我衷心地向你们祝贺！几十年来，我在你们的副刊发表了虽然不是很多但也算不少的文章。就是说占了副刊不少宝贵的篇幅，得到了你们的热情关怀，我们之间建立了工作友谊。对我来说，是很值得纪念和感谢的。

你们的工作，是严肃认真的。例如我在副刊发表的芸斋小说，其中一篇，删去三百字。我看了以后，觉得删了比不删好，在结集出书的时候，就按你们的样子发排了。现在，"文章赏析"这一名词很流行。但文友之间，编辑和作者之间，真正的、有见地的、大公无私的分析和讨论，是太少了。有时使人感到寂寞。

写文章，谁能下笔千金不易？有时感情冲动，有时意马心猿，总会出现一些枝蔓。编辑能够看出来，能够认真地给他改正，他不会不服气的。

我希望你们继续保持这种严肃作风，这是对谁都有好处的。

××同志，如果你认为可以，就把我这封短信，作为对副刊的祝贺吧！

祝编安

　　　　　　六月七日

（1988年6月17日《人民日报》第8版）

秧苗记得大地

未 央

35年前，1953年春天，《人民日报》副刊发表了我的一首小诗。我终生难以忘记。

1952年冬天，我们一些年轻人从朝鲜前线回国学习。经历了"烽火连三月"的出国作战，对"祖国"这个字眼有一种从未体验过的亲切感。当汽车从鸭绿江的冰面上开过的时候，大家都要求停下来，下车看看。打量一下母亲的面容，观察一下两岸的景色。一面是战火硝烟,一面是车水马龙。战争与和平在这里划出了一条鲜明的分界线,使人震惊。大家感慨万分,说不出话。当时我被眼前的景象和同伴们的情绪所感染,很是激动。后来,写成诗,投给了《人民日报》。因为我常看《人民日报》的副刊,喜欢上面的作品,所以自己写了稿首先就想寄给他们。当时竟有胆量向全国一家大报投稿,大概是所谓"初生牛犊不怕虎",不懂世事的缘故。全国那么多作家、高手为他们写稿,一个无名小卒的几句歪诗能引起注意吗?这几句歪诗能登大雅之堂吗?当时我没想这些,只觉得心里有话要说,有热乎乎的感情不能自已,写出来了,就寄出去。虽然幻想发表,但也没抱多大希望。写出来就算了,登不登无所谓。稿子用的是笔名,没写本名和地址,没贴邮票,往军邮箱里一丢,万事大吉。没想到,不久诗就刊了出来。在报上看到自己的"作品"时,真不敢相信。诗做了修改,变动了个别句子和韵脚,使其完整。原题为《车过鸭绿江》,改为《祖国,我回来了》,显得响亮了。使我惊讶的是,题目下面还有一段编者按语:

这是本报编辑部收到的寄自开原的一首诗，作者没有写真实姓名，但在稿末附言中说："我是一个志愿军战士，回到祖国，真是有很多话要说。"我们认为这是一篇具有爱国主义和国际主义热情的作品。

编者按语对一首小诗如此过誉，当然不是因为这首诗有多么高的艺术价值，而是它所表达的那种感情带有那个时代的特征。我清楚这一点，不会忘乎所以。编者给我这样大的鼓励，我当然很感激。但那时太不懂事，不曾写封信去表示谢意，也未探问是哪位编辑同志对我垂青。那时候已实行稿费，我因没写地址，稿费无法寄来，我也不去管它。过了几个月，我去北京学习，寄上第二篇稿子，这次写了真实姓名和地址。副刊部当即热情回信，表示很高兴知道了我的下落，并要我去领稿费。那时我仍不懂礼貌，没有去副刊编辑部拜访，也没打听是谁发现、修改和发表我的拙作。又过了半年，我给《人民文学》投稿后，收到诗人袁水拍的信，才知道是他处理了我的小稿。他的信热情洋溢，还寄赠了《马凡驼山歌》。他很忙，我不善交际，我们只通过两次信。我虽然去过几次北京，始终未去拜访，未能见面。但我和《人民日报》副刊的情谊却日渐加深，我寄去的稿子不多，大都采用了。发表了一些诗和散文，没有写出什么像样的东西，辜负了他们的期望。

《人民日报》发表我的第一首诗，使我鼓起了跋涉文学之路的勇气。他们认真阅读万千群众来稿，像园丁一样辛勤劳动，令人起敬。几十年来，每每想到《人民日报》副刊，我就油然而生一种亲切之情。

（1988年6月16日《人民日报》第8版）

祝　　愿

夏　衍

今年6月15日,是《人民日报》创刊40周年纪念日,《大地》的前身《文艺副刊》,则是32年前的7月1日诞生的,这正好是提出"双百"方针之后不久,文艺界额首称庆的时刻,作为一个长期的读者和不止一次给副刊添过麻烦的作者,谨向编辑同志们表示祝贺和感谢。

我是1955年秋从上海调到文化部工作的,记得第一个要我给副刊撰稿的是林淡秋同志,淡秋是我的同乡好友,一个真正的老实人,所以他向我约稿的方式很特别,第一句话就是:"给党报副刊写文章是党员作家的责任。"责任是不能推卸的,可是我在副刊写的第一篇杂文《废名论存疑》就引起了麻烦。原因是我来北京之前到我故乡浙江去了几天,发现不仅我童年时期熟悉的路名改了,连百年老店的"孔凤春""颐香斋"这些店名也废掉了。那正是公私合营时期,废名之风甚盛,街道是解放路、人民路,商店是第一食品商店、第二百货店,中学也改成了第几中学等,连闻名全国的"西湖十景",也因为有乾隆皇帝的御题而不让再提了,于是我就写了这篇不到一千字的杂文。写杂文难免要讲俏皮话,于是我说,这样改下去,将来寄一封信可能会写成"第一省,第二市,第三县,第四街×××号人了"。好在当时是开放时期,只是少数人有意见,我用的又是另一个笔名,淡秋给我保了密,没有挨批,事情就过去了。

第二次闯的祸就严重了,那是 1962 年,七千人大会之后，我随茅盾、冰心、文井、田间等同志到开罗去参加亚非作家会议，归途路经广州，恰巧碰上了"广州会议"，听了恩来同志关于知识分子的讲话和陈毅、聂荣臻两位老帅的发言，精神为之一振。回到北京不久，陈笑雨同志来找我，说《文艺副刊》打算辟一个杂文专栏，主旨是"配合进一步贯彻'百花齐放、百家争鸣'的方针"，以杂文的方式来"表彰先进，匡正时弊，活跃思想，增加知识"，笑雨同志说这个专栏叫《长短录》，是沫沙同志定的，沫沙、吴晗、孟超是班底，希望我也参加，并问我还有什么人可以推荐。提到孟超，我很快就想起了在桂林办《野草》的五个人，可叹的是聂绀弩和宋云彬已划成了右派，秦似也挨了整，已经没有写作的自由了，于是我推荐了另一位杂文能手唐弢。这个专栏于同年5月4日以廖沫沙的《长短相校说》开场，每隔三五天一篇，到这一年冬"写小说反党是一大发明"前后，就无疾而终，有40篇左右。其中孟超写得最多，共13篇，我写了8篇。回头来看，这三十几篇杂文，多数着眼于"增长知识"和"活跃思想",我写的8篇中2篇是科学小品,其余谈的是戏剧和文风,有一点"匡正时弊"意味的只有《从点戏谈起》一篇,原题是《听相声关公打秦琼有感》。当时我在文化部门管外事,招待外宾的文艺晚会的节目大都是我和徐平羽商定的,我也算是一个"戏提调",写这篇杂文与其说是损人,不如说是自嘲,可是后来康生和江青争着对号入座,说我指桑骂槐,批评他们的瞎指挥。康生在昆明硬要关肃霜演《十八摸》,江青在杭州要一位青年演员演《游龙戏凤》,这些事戏曲界都知道,所以他们有点心虚,这样一对号,问题就严重了。他们还拿《长短录》这三个字来做文章,说开辟这个专栏的目的是"说资本主义的长,道社会主义的短"。1964年文化部、文联整风,我罢了官,到山西介休去搞"四清",1966年5月,我从广播中听到了"五一六通知",回到北京投案,才看到点名批《长短录》的高炬的《向反党反社会主义的黑线开火》和"两报一刊"的《把新闻战线的大革命进行到底》,这就把《长短录》和《燕山夜话》《三家村札记》并列,号召"革命小将""群起而诛之"了。在"文革"中我是重点对象。文章写得多,可抓的辫子也多。所以对我说来,《长短录》只不过是"滔天罪行"中的星星点点,即使不写这些杂文,也还是"在劫难逃"的。可是一想起邓拓、吴晗、孟超、陈笑雨同志,一想起为了这个专栏而受苦受难的副刊编辑部的同人,那么直到今天,还会伤心落泪的。在《祝愿》这个题目下,过去了的伤心事,不说也罢。

古话说"三十而立,四十而不惑",副刊已经在坎坷的旅途中跋涉了32年,主持其事的人够辛苦了。但这辛苦还是有收获的,乔迈写的《带来好运》(6月11日八版)就是一个例子。而立者,站稳脚跟,不怕风吹雨打之谓也。愿副刊继续坚持实事求是、理论联系实际的原则,继续在大地上耕耘播种,为百花竞放的春天催风送雨。

(1988年6月11日《人民日报》第8版)

"双百"方针的鲜明旗帜

萧 乾

《大地》的前身——《人民日报》文艺版（又称八版），是1956年诞生的。我有幸在这个刊物分娩之前，就与它有过一段因缘，同林淡秋、袁水拍及袁鹰同志有过短时期的合作关系。时间虽不长，但回忆起来感到很温暖，这主要是由于八版本身就是"双百"方针的产物。在它出世之前，文艺界团结面很窄，以老区革命作家为主，只有少数白区老人受到重视。八版的出现，首先体现了文艺界更广泛的团结,也可以说是"解冻"的开始。

解放前,人们习惯于在报纸上看到文艺副刊。副刊在中国报业史上是很悠久的。我个人就先后编过7年。解放后,在"一边倒"的大方向下,以《真理报》为张本的社会主义报纸好像注定就应当干巴巴的。干巴巴就意味着"革命"。它有时是告示牌,有时是小册子。那时谁要是提出报纸该有个副刊,那准是为旧报纸招魂。

不能忘记审干之后、反右之前的那短时期的宽松。八版一开张,就坚持每天必有篇加花边的杂文。包括我在内的一些"僵尸",那阵子都还了魂。《人民日报》文艺部曾用电报向在东北的废名约稿,已故诗人陈梦家在八版上大写起剧评。倘若有人把那个夏天的八版翻印一下,就会感到那是冰川里突然出现的一股暖流。

突然——因为紧跟着冰雹和龙卷风就接连光临了。

《大地》是1978年回春的。我这"僵尸"又一次跟着也还了魂。副刊又向我发出召唤,我立即报之以《往事三瞥》。

一晃儿又十年了。这十年说起来并不平静，对国家如此，对《大地》也不例外。然而至今它依然屹立着，这是个好兆头！

《大地》在我心目中，始终是"双百"方针的一面鲜明旗帜。每个拥护艺术民主的作者和读者都有责任爱护它，充实它。只要这面旗帜还在飘扬着，"样板戏"的日子就没戏，就回不了头，中国的文艺就大有希望。

（1988年6月9日《人民日报》第8版）

难忘四十年的交往

徐 迟

1949年6月,我从江南小镇来到北京。不几日就看到了《人民日报》。这以后它成了我每天必读的报纸。一转眼,它一天一天地出版了四十个年头,达到了它的"不惑"之年了。多么可喜!可贺!

四十年间,我这支秃笔是已从不会写,到渐渐会写得流畅一些,总算为这报纸的副刊写了不少的诗文。因而颇有兴趣地查点了一下。这么多年为党报写了一些什么？写了多少？查点之下，共得49篇，其中诗11题14首，文38题，似乎还有遗漏，尚待查清。所写的主要内容是在全国许多基本建设工地上的采访见闻。有几篇在署名之前，还挂上了"本报特约作家"的称号。在查点之中，想起了许多往事，使我怀有对副刊的感激之情，它又激起了我的浓郁的感慨。

余兴未尽，索性又查点了一下自1942年至1946年的重庆《新华日报》。一共查到31篇，内容较多而广，笔墨似更流畅。1946年的1月2日，刊出我一篇作为八年抗战的文学总结性论文《在泥沼中》。文中说到我们的文学大体可分为"应该写"的和"愿意写"的两大类。两者能完美统一的，不多。而各写各的，不少，则各有利弊云云。我借用了对两位大作家的作品评介，说出了我自己内心的彷徨。

1949年夏在北京，捧着第一次文代会赠送的全套50本《中国人民文艺丛书》，读得又惊又喜。自惭形秽，觉得我必须收起自己的一套，努力学习，到工农兵群众中，哪怕生硬地揳入生活也好，暂时不能动笔了，不写作了。1951年年初是在朝鲜志愿军总部和开城。1952年半年在广西的柳城县三个乡中土改。1953年一开始就到了鞍钢的三大工程工地。这样，经过了兵、农、工三次生活体验，有所积累，也明确了自己的方向。至1953年4月18日，才在本报第三版上，发表了我的第一篇文学报道，写鞍钢第八号高炉建成，点火投产的《难忘的夜晚》。到钢城来向我组稿的是文艺部的同志，最初给我带路的人我还没有忘记。

往事历历，尽在记忆中。接着写了《汉水桥头》和《真迹》《长江桥头》《归来》，与方纪合写《欢乐的"火把节"》《三门峡序曲》。党报发表它们，极大地鼓励了我。当年我有志于做中国工业化的记者、基建工地的发言人或代言人。我接连五年奔走在全国的工地上，对未来的蓝图已看得十分真切，对全国建设的一盘棋了如指掌。可惜中国作协要我编了一年诗刊，又下放我到葡萄园中去劳动了一年，后来又编了两年诗刊，然后将我左迁到湖北武汉。然而来到了长江大三峡的工程上，我却挂了一个空，等了二十多年也未等着。

一连几年做的都是我不愿做的事，但又都是应该做的事，故不能让我挎个挂包满天飞，以至我所梦寐以求的为建设一个新中国和为建设一个新世界而歌唱的美梦，终未做成。积十五年之沉默，蕴无限之忧思怨愤，1978年我才写出了一篇《哥德巴赫猜想》。报纸在转载它时所加"编者按语"云："科学技术领域是层峦叠嶂的壮丽高原，是繁星灿烂的无垠长空，期待着更多的作者去探宝。"如今重读这语重心长的编者按，还不能不感到异常地激动。我们多么愿意写出更多更好的作品，我多么应该写出更多更好的作品来！

环顾当今的文学界，愿意写与应该写的矛盾在我国许多作家身上是已经解决的了。我们愿意写的正是应该写的作品。而应该写的作品，我们的作家也愿意写出，完全有能力写出它们来。对立是能够统一的，但矛盾却仍然存在。我们确还读到了一些包括部分老一辈在内的作家的作品，只是为了应该写而写，大量的作品未免淡而无味。我们确也读到了一些包括年轻一代在内的作家一个劲儿地写他们愿意写的作品，大量的篇幅简直是莫知所云。

如今我只写愿意写的文章，我愿意写的文章似也都是应该写的文章。好像我已不在泥沼之中。多数作家肯定都不在泥沼之中了。中国作家的这一进步非同小可。不过还未可完全乐观，现在还有一些人陷在泥沼中，应伸出手去把他们拉出来。

副刊的五、八版在这四十年里，真是做了不少工作。我们写稿的是受惠者，我是深受其惠者。"十年动乱"过后，文艺部一位负责人，曾在一个风雨冰雪之夜，同我在天安门城楼之下，来今雨轩之前的台阶上，深夜长谈，他重新燃烧了我死灰中的余烬。文艺部及报社许多编辑都关心过我；一批闪光的名记者在不同的生活点上帮助过我，包括全国各地的许多记者站，以及派驻国外的驻巴黎的记者和驻联合国的首席记者等。把文章寄给副刊，比较放心，这是一个可以信任的编辑部。我们是在这样一个群体中为共同事业而默契地工作着。我决不会忘却他们的，这是四十年的交往啊！怎么能忘记呢？

（1988年6月20日《人民日报》第8版）

已出版图书目录

一、精品栏目荟萃

《副刊面面观》

《心香一瓣》

《纽约客闲话精选集 一》

《多味斋》

《文艺地图之一城风月向来人》

二、个人作品精选

《踏歌行》

《家园与乡愁》

《我画文人肖像》

《茶事一年间》

《好在共一城风雨》

《从第一槌开始》

《碰上的缘分》

《抓在手里的阳光》

本书所收文章，由于年代久远，有些作者难以联系，请见到此书的作者，与编者直接联系。谢谢。

编者邮箱：lihui1956@vip.sina.com